DIE FLUCHT DER BRAUT

DAS VERWUNSCHENE BRAUTKLEID

NANCY WARREN

EINFÜHRUNG

Stellen Sie sich vor, Sie stehen kurz davor, in dem schönsten Designer-Brautkleid zu heiraten, das Sie je gesehen haben. Aber Sie sind dabei, den falschen Mann zu heiraten. Was, wenn das Brautkleid mehr ist, als es zu sein scheint? Was, wenn es Sie zu Ihrer wahren Liebe führen könnte? Wenn Sie sich beim Lesen gern verlieben und mit den Hauptfiguren lachen, dann werden Ihnen die Geschichten der Bräute gefallen, die „Das verwunschene Brautkleid" tragen sollen, jedoch herausfinden, dass der Weg zum beständigen Glück oft holprig sein kann. Aber mit Hilfe des verzauberten Brautkleides kann alles passieren, und oft passiert es tatsächlich ...

Das verwunschene Brautkleid: Eine Serie aus fünf romantischen Komödien über Frauen, die auf der Suche nach dem richtigen Kleid, den dazu passenden Schuhen und dem perfekten Mann sind.

*K*ate Winton-Jones versuchte, nicht zu atmen. Wenn sie zu tief Luft holte, attackierten Stecknadeln ihren Oberkörper wie Bataillone winziger Bajonette. Zwei Näherinnen arbeiteten an der letzten Anprobe ihres Hochzeitskleides und Meter um Meter Seide und Tüll und Hunderte kleiner Perlen mussten perfekt abgestimmt sein. So absolut perfekt wie die Hochzeit des Jahres zwischen Katherine Winton-Jones und Edward Carnarvon III sein musste.

Es herrschte komplette Stille in Evangelines Verkaufsatelier am Rodeo Drive, während die beiden Frauen neben ihr knieten und die Nähte um ihre Taille absteckten.

„Ich verstehe nicht, wieso du kurz vor deiner Hochzeit so viel abgenommen hast. Das Kleid wurde passgenau zugeschnitten", klagte ihre Mutter. „Wie überaus gedankenlos von dir, Kate. Dies ist nicht der passende Zeitpunkt für eine Diät."

„Keine Diät", flüsterte sie und versuchte zu sprechen ohne einzuatmen. „Stress."

Ihre Mutter trug einen ihrer zahlreichen Chanel Anzüge, dieser war blassgrün. Eine dicke Perlenkette umschloss ihren

Hals und ihr Haar war frisch vom Frisör gelegt. „Unsinn. Warum in aller Welt solltest du gestresst sein?"

Kate hätte den ständigen Druck erklären können, unter dem sie stand, um finanzielle Förderungen für das Nachmittagsprogramm für gefährdete Mädchen aufzutreiben, für das sie arbeitete, aber ihre Mutter verabscheute es, wenn sie über ihre Arbeit sprach. Ihr Job mochte nicht glamourös oder hochbezahlt sein, aber was sie tat war wichtig.

Sie legte eine Hand auf ihre Taille und verschob heimlich eine Stecknadel, die sich anfühlte, als wollte sie versuchen ihren Blinddarm zu durchbohren. Die Brillanz ihres dreikarätigen Diamantrings traf das Licht und glitzerte in dem dreiseitigen Spiegel wie ein winziger Blitzregen.

Die Türen hinter ihnen wurden geöffnet und Evangeline, die prominente Designerin des Kleides, schritt herein. Kate hätte schwören können, dass die Temperatur im Raum um einige Grade gefallen war.

„Und sind Sie nicht die wunderschönste Braut?", verkündete Evangeline mit ihrem deutlichen britischen Akzent.

Beide Näherinnen zuckten zusammen, als die Designerin ihre Arbeit inspizierte. Kate hatte Stichwunden als Beweis dafür. „Und dieses Kleid sieht fantastisch an Ihnen aus. Ab-so-lut fantastisch. Mit Ihrem exquisiten hellen Teint und Ihrem goldenen Haar sehen Sie wie Grace Kelly aus." Kate hatte ihre blonden Haare lang getragen so lange sie sich zurückerinnern konnte. „Sie werden es hochgesteckt tragen? Wie wir es besprochen haben?"

„Ja." Evangeline hatte sie für eine Beratung zu einem speziellen Frisör geschickt.

„Gut. Sie haben diesen reizenden langen Hals. Meine Inspiration für dieses Kleid war eine Lilie. Fantastisch", wiederholte sie.

„Oh, Evangeline, Sie sind fantastisch", schwärmte Kates Mutter. Evangeline war Model und Schauspielerin in London gewesen, die mehr für die Männer, mit denen sie ausging, bekannt war, als für die Produkte, für die sie warb. Sie war mit weitläufig verwandten Mitgliedern der königlichen Familie liiert gewesen, hatte mit einem Filmstar zusammengelebt und war mit einigen Tycoons verheiratet und wieder geschieden. Als sie sich ihren Vierzigern näherte, beendete sie das Modeln und die Schauspielerei und widmete sich dem Modedesign.

Evangeline spezialisierte sich auf Hochzeitskleider und Dessous, die so exquisit und teuer waren, dass Kate versucht wäre, sie an die Wand zu hängen, wenn sie tatsächlich welche besäße. Die Designerin lehnte mehr Aufträge von Bräuten ab als sie annahm, und es war ein offenes Geheimnis, dass sie ihre märchenhaften Hochzeitskleider nur für attraktive Frauen entwarf. Es hatte ein nervenaufreibendes Meeting gegeben, in dem Kate vor Evangeline erscheinen musste, mit Fotos, und vor der Designerin auf und ab gehen musste. Am Ende des Treffens hatte die Frau frostig gelächelt und gesagt: „Danke. Ich werde mich melden."

Anstatt Aufträge zu verlieren, machten ihre Unhöflichkeit und kritischen Standards – in Verbindung mit den unerhörten Preisen – ihre Kleider nur noch begehrenswerter. Evangelines Kreationen hatten Prinzessinnen, Töchter von prominenten Politikern und Filmstars für ihren Weg zum Traualtar eingehüllt. Es gab Berichte, dass ein Filmstar durchgedreht war, nachdem Evangeline es abgelehnt hatte, ein Brautkleid für sie zu entwerfen. In Folge dessen wurde sie aus der Fernsehserie, in der sie seit drei Jahren gespielt hatte, hinausgeschrieben.

Evangelines perfekter Teint zeigte einen Moment lang Falten. „Oh je", sagte sie und kam näher. „Was ist mit Ihren Brüsten passiert?"

Alle Augen starrten auf Kates offenherziges Dekolleté.

„Sie ist auf Diät", sagte ihre Mutter mit verzweifeltem Tonfall.

Als würde Evangeline ihrer Tochter das Kleid vom Leibe reißen, wenn sie das BH-Körbchen des Kleides nicht ausfüllen konnte.

„Bitte nehmen Sie nicht noch mehr ab." Sie legte ihre Hände unter Kates Brüste und, während alle auf ihr Dekolleté im Spiegel starrten, schob sie so weit in die Höhe, bis sie das Vakuum ausfüllten. Es schien, als würden alle den Atem anhalten, so lange die Designerin das Resultat begutachtete. Sie nickte forsch. „Ich habe ein paar gelgefüllte Pölsterchen. Die werden Ihnen sofort ein bisschen Fülle geben." Dann entfernte sie ihre Hände und erlaubte den Brüsten, wieder in Bedeutungslosigkeit zu verfallen. Die Designerin schnippte ihre Finger in Richtung einer der knienden Untertaninnen. „Du. Hol die Gel-Pölsterchen." Die Frau stand auf und eilte aus dem Zimmer.

Ihre Mutter hob ihren Zeigefinger und schimpfte. „Sei so gut und iss etwas, wenn du heute mit Ted Abendessen gehst."

Sich an die Designerin wendend fragte sie: „Glauben Sie, dass Sie es zur Hochzeit schaffen werden? Es würde uns so viel bedeuten."

„Ich werde es versuchen", sagte sie mit luftiger Stimme. „Ich sehe die Mädchen immer gern in meinen Kleidern."

Es würde der Veranstaltung natürlich mehr Glamour verleihen, sollte Evangeline auftauchen, besonders, wenn sie am Arm ihres momentanen Verehrers kam – einem heißen jungen Filmstar aus Barcelona.

Sie wandte sich wieder Kate zu, wobei ihre dunklen Haare wie in einer Shampoo-Werbung über ihre Schulter flogen. So oft Kate sie auch im Fernsehen und auf Magazinen gesehen hatte, war sie doch von der puren Schönheit der Frau überrascht. Perfekte mandelförmige Augen in glitzerndem violettem Blau, das aussah, als hätte sich ein Saphir mit einem Amethyst verbunden, makellose Haut, glänzendes Haar, weiße, ebenmäßige Zähne und ein Körper, der Kate sich völlig unzulänglich fühlen ließ.

Ihre perfekten Lippen pressten sich leicht zusammen, als sie Kate von Kopf bis Fuß kritisch musterte.

„Keine Diät mehr", wies sie an. Dann schnappte sie in Rich-

4

tung der Assistentin, die immer noch kniete: „Du hast die Naht ruiniert. Steck es noch einmal ab."

Kate konnte die Finger der Frau zittern spüren, während sie ein halbes Dutzend Nadeln aus dem Stoff nahm und die Naht, die von Kates Brustkorb zu ihrer Hüfte verlief, neu absteckte.

„Schnell. Ich habe nicht den ganzen Tag Zeit."

Kate zuckte zusammen, als eine Nadel eine empfindliche Stelle traf. Möglicherweise ihre Leber.

Zu ihrem Entsetzen sah sie, wie ein Blutfleck entstand, ein grellroter Punkt, der die perfekte weiße Seide verunstaltete. Die Näherin versuchte, den Fleck mit ihrer Hand zu verdecken, aber Evangeline riss ihre Hand fort. „Du dumme Kuh", schrie sie und schien ihren gehobenen Akzent zu verlieren. „Du hast es ruiniert! Verschwinde! Du bist gefeuert."

Kates Mutter flatterte umher wie eine aufgescheuchte Henne. „Kaltes Wasser, kein Sodawasser, kein, warte – Salz?", murmelte sie.

„Es war nur ein Versehen", sagte Kate und kam der armen Frau zu Hilfe, die bestimmt auf diesen schrecklichen Job angewiesen war.

Aber niemand hörte ihr zu.

Die Näherin stand auf, ihr Gesicht vor Zorn knallrot, ihre dunklen braunen Augen brannten. Sie hielt eine Nadel, als wäre sie eine Waffe und hielt das spitze Ende Evangeline entgegen. Sie schrie etwas in einer Sprache, die sich wie russisch anhörte, Worte, die harsch und beängstigend klangen. Dann aber schrie sie auf Englisch: „Sie sind eine bösartige Frau und ich verfluche Sie. Und ich verfluche dieses Kleid!" Dann schmiss sie die Nadel, deren Spitze von Kates Blut rot gefärbt war, auf den Boden, spuckte darauf und zermalmte die Nadel mit ihrem schweren schwarzen Schuh auf dem königsblauen Teppich.

Es folgte eine erschrockene Stille, als sie aus dem Ankleideraum stürmte, gerade als die andere Assistentin mit den Gel-Pölsterchen hereineilte und sie ihnen wie eine Opfergabe hinhielt. Evangeline nahm sie entgegen. „Danke", sagte sie und hielt inne, als würde sie versuchen, sich an den Namen des Mädchens zu erinnern, dann gab sie auf und nahm die Pölsterchen.

„Machen Sie sich keine Sorgen", versicherte sie Kate. „Wir werden die Naht reparieren, so dass der bedauernswerte Fleck nicht sichtbar ist."

Dann schob sie ihre Hände unter das Korsett, quetsche ein kaltes Pölsterchen unter jede magere Brust und arrangierte Kates Dekolleté.

Sie trat einen Schritt zurück und nickte.

„Sehr hübsch", verkündete sie. Und dann, als wäre der unglückselige Vorfall mit dem Fluch nicht geschehen, war sie verschwunden.

Die verbliebene Assistentin machte sich an der Reihe winziger Knöpfe zu schaffen, die zu öffnen Kate aus dem Kleid befreien würden. Eine Sekunde lang sah sie aus, als wäre sie den Tränen nahe, dann, bevor sie das Kleid berührte, murmelte sie etwas mit zusammengebissenen Zähnen und bekreuzigte sich.

TED FÜHRTE SIE INS TRUFFAUT AUS, eines dieser schicken Bistros, deren Dekor schwer von französischen Filmen und kalifornischen Farben beeinflusst war. Die Speisekarte bot Gerichte wie Weinbergschnecken mit Artischocken, aber auch traditionellere Speisen, was der Grund dafür war, dass es Ted gefiel.

„Danke, dass du ein gemeinsames Abendessen für uns vorgeschlagen hast. In all dieser Hochzeitsaufregung und mit deinen verrückten Arbeitszeiten habe ich dich in letzter Zeit kaum gesehen", sagte sie, als sie das Restaurant händchenhaltend betraten.

Ted erregte Aufsehen. Sie bezweifelte, dass er sich dessen überhaupt bewusst war, aber bei seiner Größe, dem dunklen guten Aussehen und diesem gebieterischen Gehabe, das den Carnarvons zweifellos seit Jahrhunderten eigen war, zog ihr

Verlobter aller Augen auf sich. Sie fühlte sich an seinem Arm wohl, sicher. Er war vielleicht nicht der aufregendste Mann, den sie je gekannt hatte, aber er liebte sie. Er hatte Verständnis für den Druck, den ihre Familie ausübte, da er selbst genügend davon hatte. Sie war sicher, dass sie einander helfen, zusammen eine Verbindung aufbauen und miteinander eine Familie gründen würden.

Sie war gleichzeitig überrascht und entzückt gewesen, als Ted ein Abendessen für nur sie beide vorgeschlagen hatte. Inmitten all der glitzernden pass-auf-jeden-deiner-Schritte-und-jedes-Wort-auf-Veranstaltungen war dieser Abend eine Oase, in der sie zusammen Zeit verbringen konnten. Mit nur noch drei Wochen bis zur Hochzeit und all seinen Arbeitsverpflichtungen würde dies eine der letzten Gelegenheiten sein, ihn vor der Hochzeit für sich allein zu haben.

„Ich dachte, wir sollten etwas Zeit allein verbringen, bevor das Chaos über uns hereinbricht", stimmte er zu.

Sie kuschelte sich an seinen Arm. Sie war in guten Händen bei diesem Mann, der an alles dachte. „Wie klug du doch bist."

Er lächelte auf sie herab. „Klug genug, um dich zu heiraten."

Die Kellnerin führte sie an einen der besten Tische, aber daran war Kate gewöhnt. Ted war einer dieser Leute, die immer einen guten Tisch bekamen. Es war, als würde ihm ein unsichtbarer Ausrufer voranschreiten, der überall seinen gesellschaftlichen Status ankündigte.

Nachdem sie sich gesetzt hatten, zog er seine Lesebrille heraus, um eine Flasche Wein auszuwählen. Sie las die Speisekarte sorgfältig, aber, obwohl ihre Mutter und die Designerin sie angewiesen hatten zu essen, war sie nicht sehr hungrig. Ihr nervöser Magen trug daran Schuld. Sie hatte seit dem College immer wieder unter einem Reizmagen gelitten. Wenn sie unter Stress stand, brannte ihr Magen und sie konnte nichts essen.

Sie war die Koordinatorin für die Beschaffung von finanziellen Förderungen für ein Nachmittagsprogramm für gefährdete

Mädchen und das Geld war knapp. Zusätzlich zu den Versuchen, Zuschussanträge zu schreiben und Förderungen zu finden, damit ihnen nicht der Strom abgedreht wurde, litt sie unter Schuldgefühlen in dem Wissen, dass die Kosten ihres Brautkleides das gesamte Programm für ein Jahr finanzieren könnten.

Ihr lag sehr viel an diesen Mädchen, und obwohl das Gehalt nicht sehr hoch war, war es zumindest genug, um ihre Miete und ihren Lebensunterhalt zu bezahlen. Obwohl ihre Familie wohlhabend war, war sie doch kein Treuhandfonds-Baby. Ihr Vater war auf dem Golfplatz an einem Herzanfall gestorben, als sie ein Teenager war. Glücklicherweise hatte er ihre Mutter mittels eines Treuhandfonds gut versorgt und Geld für Kates Ausbildung zur Seite gelegt. Nach ihrem College-Abschluss war sie auf sich selbst gestellt. Kate konnte zum Glück besser mit Geld umgehen als ihre Mutter und hatte sich ein Auto gekauft und ein kleines finanzielles Polster geschaffen.

Einer ihrer größten Geldgeber hatte seine Bindung zu dem Programm in letzter Zeit überdacht und sie arbeitete daran, seine Begeisterung aufrechtzuerhalten und gleichzeitig nach anderen Geldgebern zu suchen, nur für den Fall. Dazu kam der Stress der Hochzeitsvorbereitungen. Sie hatte nicht erwartet, dass eine Hochzeit derart viel Arbeit involvierte. Sobald sie die Förderungen gesichert hatte, um das Programm ein weiteres Jahr zu finanzieren, die Zeremonie vorbei war und sie und Ted sich in ihren Flitterwochen erholten, würde alles in Ordnung sein.

Sie sah zu Ted auf. Kate hatte nicht vor, sich jemals scheiden zu lassen. Ted war der Richtige für sie, obwohl es Momente gab, in denen sie sich fragte, woher man wissen sollte, wie sich jemand in zwanzig oder dreißig oder fünfzig Jahren entwickeln würde. Dann wandte er seine Aufmerksamkeit ihr zu und nahm ihre Hand in seine. „Was meinst du? Hast du etwas Gutes gefunden?"

Sie dachte, vielleicht eine Suppe und einen Salat. Das Brennen war zu unangenehm, um an mehr zu denken. Der Grund für das

Brennen in ihrem Magen war natürlich der Ehevertrag. Sie hatte heute zwei Verabredungen gehabt. Zuerst war sie in die Kanzlei der Anwälte eingeladen worden, die Teds Familienunternehmen berieten, um den Ehevertrag zu unterschreiben, den der Anwalt ihrer Familie bereits abgesegnet hatte. Danach war sie direkt zu ihrer letzten Anprobe gegangen. Ihr war durchaus bewusst, dass Ted und seine Familie sehr wohlhabend waren und die Anwälte das Familienvermögen beschützen mussten. Trotzdem fühlte es sich an, als wäre etwas in ihr gestorben, als sie dieses kalte, rechtliche Dokument unterschrieben hatte, das genau festhielt, was sie bei einer Scheidung erhalten würde. Was für Verpflichtungen er gegenüber zukünftigen Kindern haben würde.

Sie war noch nicht einmal verheiratet und sie bereiteten sich bereits auf die Scheidung vor.

„Die Kartoffel-Lauch-Suppe sieht gut aus, und vielleicht ein Spinatsalat."

Er sah sie besorgt an. „Das würde nicht einmal einen Spatzen sättigen."

Sie beschloss ehrlich zu sein. Wenn man sein Leben mit einem Mann plante, dann sollte man ehrlich sein können. Nicht, dass sie in ihrer Familie je viel davon gesehen hätte, aber sie glaubte fest an das Prinzip. „Der Ehevertrag hat mich aus der Fassung gebracht", gab sie zu. „Es ist, als würden wir die Scheidung besprechen, bevor wir überhaupt verheiratet sind."

Ted legte die Speisekarte, die er gelesen hatte, nieder und nahm seine Brille ab, so dass er ihr seine volle Aufmerksamkeit schenken konnte. „Wenn es nur darum ginge, dass ich dich heirate, dann wäre es mir egal. Aber ich habe eine Verpflichtung meiner Familie gegenüber. Ich habe das Vermögen nicht verdient, ich verwalte es nur."

„Und, da wir uns nie scheiden lassen werden, wen kümmert es wirklich? Es ist nur ein Stück Papier." Er küsste ihre Hand.

Okay, sie benahm sich albern. Alles würde gutgehen. Natürlich würde es das. Sie liebten einander.

Sie sah sich im Restaurant um. Es war ein geschäftiger Freitag und alle Tische waren besetzt. Es gab romantische Tische für Zwei, so wie der, an dem sie und Ted saßen. Sie beobachtete einige Gruppen von Paaren, die zusammen aßen, und ihre Aufmerksamkeit wurde auf einen Tisch gelenkt, an dem einige junge Frauen saßen und lachten, ein Krug gefüllt mit Margaritas stand auf dem Tisch vor ihnen.

An der Bar befand sich ein Pärchen, das offensichtlich auf einen Tisch wartete, und ein Mann, der allein hier war und ein Bier trank.

Als die Kellnerin kam, um ihre Bestellung aufzunehmen, sagte Ted: „Für die Dame eine Kartoffel-Lauch-Suppe und einen Spinatsalat und für mich das Steak. Bringen Sie zuerst ihre Suppe, und ich nehme die Gänseleberpastete als Vorspeise." Er bestellte eine Flasche des Pinot Noir aus Kalifornien.

Er klopfte mit dem Finger auf den Tisch, während sie warteten, als wäre er ungeduldig. Die Flasche Wein wurde gebracht und er verkostete ihn und erachtete ihn als gut, dann schenkte die Kellnerin jedem ein Glas ein.

Sie wartete auf einen Trinkspruch, sie würden in weniger als einem Monat heiraten, aber Ted nippte an seinem Wein, als wären seine Gedanken weit entfernt. Sie zuckte innerlich mit den Schultern und kostete ihren Wein.

Er sah sich um. „Viel los heute Abend", sagte er.

„Ja." Sie folgte seinem Blick und nahm die Atmosphäre von Freude und Zufriedenheit auf, die ein gutes Restaurant hervorrief. Das Pärchen an der Bar erhob sich und folgte einem Kellner zu ihrem Tisch. Der einzelne Mann beobachtete das Pärchen, sah dann auf sie und Ted und wandte sich dann wieder seinem Bier zu. Sie fragte sich, ob er auf eine Frau wartete und hoffte, dass sie ihn nicht versetzt hatte. Sie verstand nie wirklich, warum Leute eine Verabredung nicht absagten. Warum verabredete man sich mit jemandem und tauchte dann nicht auf? Es kam ihr grausam vor.

Nicht, dass der Mann an der Bar ihr wie der Typ vorkam, den eine Frau versetzen würde. Er sah gut aus, irgendwie schroff. Heiß auf leicht gefährliche Art und Weise. Sie würde sagen, dass er eher so aussah, als würde er eine Frau warten lassen als umgekehrt.

Ted sah auf seine Uhr. „Die Bedienung ist langsam."

Sein linker Fuß trommelte auf dem Boden, nicht nur auf und ab, sondern vorwärts und rückwärts, als würde er mit einem Fuß eine Polka tanzen. Er war eindeutig auch wegen ihrer Hochzeit gestresst.

Die Vorspeisen wurden serviert und sie tauchte ihren Löffel in die Suppe.

Ted verputzte einige Scheiben Brot mit Gänseleber und trank seinen Wein aus. Er hatte sein Glas kaum auf den Tisch gestellt, als ein Kellner erschien und es wieder auffüllte.

„Bernard sagte mit, dass er den Kühlschrank in seinem Haus auf Hawaii aufgefüllt hat, und die Haushälterin wohnt natürlich weiterhin dort."

Bernard war ein Freund der Carnarvon-Familie, der ihnen sein Anwesen auf Hawaii für ihre Hochzeitsreise angeboten hatte. Sie war natürlich begeistert, hätte aber doch etwas Intimeres vorgezogen. „Wollen wir in unseren Flitterwochen wirklich eine Haushälterin im Haus haben?"

Ted schien von ihrer Frage überrascht zu sein. „Sein Personal ist sehr gut ausgebildet. Keine Sorge, wir werden genug Privatsphäre haben und dazu ausgezeichnete Mahlzeiten und Wein, ohne dass wir ausgehen müssen. Er ist sehr großzügig."

„Ich weiß." Aber sie hatte sich immer vorgestellt, dass man seine Flitterwochen spärlich gekleidet verbringt, in jedem Zimmer Sex hat und nackt schwimmen geht. In einem mit Personal gefüllten Haus würde es wahrscheinlich nicht viel Nacktheit geben.

Es folgte ein längeres Schweigen und sie verspürte den Drang, es zu füllen. „Du wirst nicht glauben, was mir heute bei der letzten Anprobe passiert ist", sagte sie.

Sie beobachtete, wie er zusammenzuckte und zurückwich, wahrscheinlich so wie sie, als sie mit der Nadel gestochen worden war. Er nahm sein Handy aus der Tasche und ihr wurde bewusst, dass es auf Vibrieren geschaltet sein musste. Er blickte auf das Display und schüttelte den Kopf. „Es tut mir leid, Schatz. Ich muss den Anruf annehmen."

Er legte das Handy diskret auf sein Ohr. Murmelte ein paar Worte, die sie kaum verstehen konnte. Dann beendete er den Anruf. „Es tut mir leid, Liebling. Das war Llewellen. Der Deal mit der Brauerei ist kurz davor zu scheitern. Und das ist ein Riesenauftrag für unsere Firma. Ich muss zu einer Krisensitzung zurück ins Büro."

„Was, jetzt?"

Er zuckte mit den Schultern und steckte das Handy wieder in die Tasche. „Das Leben eines Juniorpartners. Du wirst dich daran gewöhnen." Nachdem er sein MBA in Harvard abgeschlossen hatte, war er in das Familienunternehmen eingetreten. Der erste Edward Carnarvon hatte ein Vermögen mit Öl und Bauholz verdient. Jetzt spezialisierte sich die Firma, die immer noch seinen Namen trug, darauf, Start-up-Unternehmen und Immobilien zu finanzieren.

Sie bezweifelte, dass sie sich je daran gewöhnen würde, in seinem Leben die zweite Geige zu spielen. „Können wir zuerst unser Abendessen beenden?"

„Iss ruhig weiter. Ich bezahle auf meinem Weg hinaus. Sie sollen dir ein Taxi rufen, wenn du fertig bist."

Er erhob sich und ging um den Tisch, um sie zum Abschied zu küssen.

Sie legte eine Hand auf seinen Arm und griff nach ihrer Tasche. „Warte. Ich komme mit dir."

Ein Hauch von Ungeduld huschte über sein Gesicht. „Erstens habe ich keine Zeit, um dich nach Hause zu bringen und zweitens solltest du etwas essen. Meine Mutter isst oft alleine in Restaurants." Er senkte seine Stimme, zischte. „Sei nicht so anhänglich."

„Aber ..."

„Ich rufe dich später an. Es tut mir leid, aber ich muss los." Und er lehnte sich zu ihr und küsste sie flüchtig, bevor er davoneilte.

Anhänglich? Sie blieb fassungslos zurück. Was war anhänglich daran, an einem Freitagabend nicht allein in einem vollen Restaurant sitzen zu wollen, nachdem dein Verlobter dich wegen seiner Arbeit im Stich gelassen hatte? Ted war kein Arzt in der Notaufnahme, der Leben retten musste. Er war nicht der Sicherheitsberater, den der Präsident zu sich rief, wenn Krieg bevorstand. Er war ein Juniorpartner, der wegen eines Brauerei-Auftrags davonlief.

Sie war nicht einmal hungrig.

Sie schob ihre Suppe von sich. Nippte an ihrem Wein. Sie würde fünf Minuten warten und sich dann selbst ein verdammtes Taxi rufen.

Die Frauen an dem Tisch, der Spaß hatte, tranken ihren zweiten Krug Margaritas. Sie wünschte, sie wäre mit ihren Freundinnen unterwegs. Sie wünschte, sie könnte hinübergehen, einen Sessel dazustellen und ihnen von ihrem Abend erzählen. Sie schienen die Art von Frauen zu sein, die sie in kürzester Zeit zum Lachen bringen und sich besser fühlen lassen würden. Sie würden zusammen über rücksichtslose Männer, Eheverträge und verfluchte Brautkleider jammern. Sie würde sich niemals einer Gruppe von Fremden anschließen, aber der Gedanke daran war nett.

Natürlich war keine einzige Person in dem geschäftigen Restaurant auch nur entfernt an ihr interessiert. Sie könnte einfach hierbleiben und ihren Salat essen und es genießen, Leute zu beobachten.

Aber das wollte sie nicht tun.

Sie hatte eine Million Dinge zu erledigen, sie war nicht hungrig, und sie schätzte es ganz und gar nicht, von dem Mann, den sie in weniger als einem Monat heiraten würde, im Stich gelassen zu werden. Zum Teufel damit. Sie war eine erwachsene Frau. Sie würde das Restaurant verlassen, wann sie wollte.

„Wurden wir beide heute Abend sitzengelassen?", fragte eine männliche Stimme gerade, als sie aufstehen wollte.

Sie sah auf. Es war der Mann von der Bar. Er hatte sich ihr so verstohlen genähert, dass sie ihn nicht bemerkt hatte. Sein selbstbewusstes Lächeln spiegelte sowohl Mitgefühl als auch etwas Teuflisches wider. Sie konnte sich nicht helfen und lächelte zurück. „Sieht so aus."

Und plötzlich saß er auf dem Stuhl, der erst vor kurzem von Ted verlassen worden war. „Man kann eine schöne Frau nicht allein hier sitzen lassen. Irgendjemand könnte es falsch verstehen und sie belästigen."

„Ich wollte gerade gehen", sagte sie mit ihrem kühlsten Tonfall und hörte auf zu lächeln.

Er sah sie durch zusammengekniffene Augen an und begutachtete sie, als wäre er ihr Hausarzt und würde ihre jährliche Untersuchung durchführen. „Wann war das letzte Mal, dass Sie etwas Unerwartetes getan haben? Etwas Spontanes?"

„Wie von einem Fremden angesprochen zu werden? Ich bitte Sie. Ich werde in drei Wochen heiraten."

„Gratulation. Sehen Sie, ich verabscheue es, allein zu essen und Ihre Verabredung hat sich verabschiedet."

„Mein Verlobter."

Wieder dieses freche Lächeln. „Er ist ein glücklicher Mann."

„Ich denke wirklich nicht, dass ..."

In dem Moment wurde ein Salat vor sie gestellt, während ein weiterer Kellner hinter dem Stuhl des Fremden erschien und Teds Steak vor ihn stellte, als wäre es ganz normal, dass Männer im Truffaut Stuhlpolonaise spielten.

„Kann ich Ihnen sonst etwas bringen, mein Herr?", fragte der Kellner.

Der Fremde sah sie amüsiert an. Dann sagte er: „Ein neues Weinglas wäre toll."

„Gern, mein Herr."

Sie hatte keine Ahnung, was sie tun sollte.

Der Mann von der Bar schaute sie an. „Das Schicksal findet seltsame Wege, um sich einzumischen, haben Sie das je bemerkt?" Er legte seine Serviette – Teds Serviette, um genau zu sein – auf seinen Schoß und bedankte sich beim Kellner, der mit einem sauberen Glas erschien und es dann mit Teds Wein füllte.

Sie dachte, dass es der aufdringliche Mann von der Bar war, der sich einmischte, nicht das Schicksal, aber ihr wurde auch klar, dass er ihr in einem vollen Restaurant nichts antun könnte, und der Kerl hatte einen gewissen verwegenen Charme an sich. Sie hatte einmal einen Film gesehen, in dem Cary Grant das Herz einer naiven Erbin auf ähnliche Art und Weise erobert hatte. Da sie keine Erbin war, gab es wohl keinen Grund, sich Sorgen zu machen. Und einen gutaussehenden Fremden als Gesellschaft zu haben war interessanter, als alleine in einem überfüllten Restaurant zu essen.

Gab es vielleicht einen kleinen Teil in ihr, der dachte, dass mit einem sexy Fremden zu essen süße Rache an dem Mann war, der sie zwischen den Gängen sitzengelassen hatte? Oh, ja.

„Ich heiße übrigens Nick", sagte er und schnitt einen Bissen von seinem Steak ab.

„Kate", sagte sie und stach mit ihrer Gabel in den Salat. „Ich hoffe das Steak meines Verlobten ist zu Ihrer Zufriedenheit zubereitet."

Wahrscheinlich war sie wütender auf Ted, als ihr bewusst gewesen war, aber wenn er sie und sein Steak einfach sitzenließ, konnte er es einem anderen Mann wohl kaum übelnehmen, wenn er seinen Platz einnahm.

„Es ist großartig, danke. Ihr Kerl hat einen guten Geschmack."

Er warf ihr aus seinen umwerfenden, haselnussbraunen Augen einen sexy Blick zu und irgendetwas an der Art, wie er sie ansah, mit Mitgefühl und Verständnis und einem Hauch von Amüsement ließen ein Gefühl der Erkenntnis in ihr aufwallen. Sie würde ihm klarmachen müssen, dass sie nicht auf der Speisekarte stand.

KAPITEL 2

*E*r hatte ausgezeichnete Tischmanieren, ihr neuer Gesprächspartner, das musste sie ihm lassen. Er schaffte es außerdem, die angenehme Unterhaltung während des Essens aufrechtzuerhalten, als würden sie einander seit Jahren kennen. Während sie dort saß, halb benommen, plauderte er über aktuelle Ereignisse, das Wetter, einen Film, den er gesehen hatte und von dem sie gute Bewertungen gelesen hatte.

Er ging nahtlos in ein Gespräch über Bücher über und sie war überrascht, dass sein Geschmack ihrem sehr ähnlich war. Er sprach wie ein vernünftiger Mann und sie dachte darüber nach, wie sehr sie seine Gesellschaft genießen würde, wenn sie ihn tatsächlich kennen würde.

„Oh, das Steak ist wunderbar", sagte er. „Sie müssen es probieren."

„Nein, wirklich." Aber eine Gabel voll war plötzlich vor ihrem Mund und es sah tatsächlich gut aus. Sie lehnte sich vor und, als er das Essen in ihren Mund schob, trafen sich ihre Blicke. Zu sexy für sein eigenes Wohl. Oder ihres. Aber sie kaute das Steak und stimmte zu, dass es köstlich war.

Er nickte ihr anerkennend zu. „Das ist besser. Meine Mutter

sagt immer, Suppe und Salat sind ein Mittagessen, kein Abendessen."

„Meine Mutter sagte, dass es gedankenlos war, vor meiner Hochzeit Gewicht zu verlieren." Als er seine Augenbrauen hob, erklärte sie: „Sie mussten mein Brautkleid enger machen."

Er lehnte sich zurück und betrachtete sie. „Also, erzählen Sie mir Ihre Geschichte."

Sie schluckte. Sie war nicht der Typ, der sich zu einem Fremden gesellte, um mit ihm zu Abend zu essen, und sie war mit Sicherheit nicht eine Person, die jemandem, den sie gerade erst getroffen hatte, ihre Geschichte erzählte. „Warum erzählen Sie mir nicht Ihre?"

Er zuckte mit den Schultern. „Da gibt es nicht viel zu erzählen. Ich bin geschäftlich in der Stadt, aber es ist Freitagabend. Ich habe eine alte Freundin angerufen und mich mit ihr zum Essen verabredet. Meine Freundin ist nicht aufgetaucht."

„Die Art von Freundin, die im kleinen schwarzen Buch steht?"

„So etwas Ähnliches."

„Welche Art von Geschäft bringt Sie hierher?" Nicht, dass sie wirklich daran interessiert war, aber jedes Gespräch über ihn war besser als irgendetwas über sich selbst erzählen zu müssen.

„Versicherungen."

„Ah." Sie hatte etwas Derartiges vermutet. „Ich bin gut versichert."

Seine Augen leuchteten schelmisch. „Das sind ausgezeichnete Neuigkeiten, aber ich kümmere mich nicht um Personen. Ich versichere Unternehmen."

„Oh." Sie konnte genauso gut Smalltalk machen. „Sie sagten, Sie wären nicht von hier. Wo sind Sie Zuhause?"

Er nahm einen Bissen von ihrem Salat, ohne sie zu fragen. „Seattle."

Sie wollte ihn fragen, ob er verheiratet war, aber er trug keinen Ring und es könnte so aussehen, als hätte sie Interesse. Das hatte sie nicht.

„Sie sind an der Reihe. Was ist Ihre Geschichte?"

„Warum sollte ich Ihnen meine Geschichte erzählen? Sie sind ein völlig Fremder."

„Genau deshalb. Haben Sie noch nie der Person neben Ihnen im Flugzeug Ihre tiefsten Geheimnisse anvertraut? In dem Wissen, dass Sie diese Person nie wiedersehen würden und Sie nicht einmal ihren Namen kannte?"

„Nein." Wer tauschte in 10.000 Meter Höhe Geheimnisse aus? Machte das wirklich irgendjemand?

Er schüttelte den Kopf. „Für eine Frau, die in wenigen Wochen heiratet, scheinen sie nicht sehr viele Risiken eingegangen zu sein."

„Weil ich nicht arme Leute neben mir in einem Flugzeug mit meinen Problemen langweile?"

„Nein." Er lehnte sich zurück und sah sie an. Sah sie so intensiv an, als würde er tief in ihr Inneres blicken wollen. Ein kleines Zittern durchbrach die Oberfläche ihrer scheinbaren Gelassenheit. „In meinem Geschäft muss man Menschen verstehen. Was treibt Sie an? Wovor haben Sie Angst? Gehen Sie Risiken ein oder vermeiden Sie sie? Meiner professionellen Meinung nach vermeiden Sie jedes Risiko. Ich gebe Ihnen die Chance, die Knöpfe ein bisschen zu lockern." Er machte eine Bewegung unter seinem Kinn. „Einen Knopf."

Er bezog sich offensichtlich darauf, dass ihre Bluse bis oben zugeknöpft war. Was er nicht wusste war, dass sie einen leichten Sonnenbrand auf der Brust hatte. Nach der schrecklichen Anprobe hatte sie frische Luft und Bewegung nötig gehabt. Sie war ohne ausreichend Sonnencreme aufgetragen zu haben joggen gegangen. Wenn entweder Ted oder ihre Mutter den Sonnenbrand sehen könnten, würden sie ihr einen Vortrag über ihre Gedankenlosigkeit, vorzeitliches Altern und Hautkrebs halten. Es war einfacher, zugeknöpft zu sein.

Aber alles an Nick aus Seattle, von seinem prüfenden Blick bis zu der selbstbewussten Übernahme von Teds Platz, seiner

Mahlzeit und seinem Wein sprach irgendetwas tief in ihrem Inneren an – ein schelmisches Teufelchen, das sie ihr Leben lang zu unterdrücken versucht hatte.

„Ihre Geschichte", forderte er sie auf.

Oh, und es war verlockend. Vielleicht hatte er recht und sie sollte ihre Geheimnisse und Ängste auspacken, sich davon reinwaschen. Aber jahrelanges Zurückhalten konnte nicht so schnell überwunden werden. Sie sagte: „Ich arbeite für eine Stiftung, die Nachmittagsprogramme für Mädchen in gefährdeten Bereichen der Innenstadt finanziert. Wir versuchen, ihnen berufliche Fähigkeiten beizubringen, sie über Empfängnisverhütung aufzuklären, ihnen Mentoren zur Verfügung zu stellen und die Möglichkeit zu geben, etwas aus ihrem Leben zu machen." Sie holte tief Luft.

Er sah ehrlich interessiert aus. „Wow. Ich bin beeindruckt. Ich habe mir vorgestellt, dass Sie halbtags in einer Kunstgalerie arbeiten oder etwas Ähnliches. Das muss eine erfüllende Arbeit sein."

Niemand fragte sie je nach ihrer Arbeit. Sie hatte immer das Gefühl, dass es ihrer Familie und ihren Freunden ein bisschen peinlich war. „Das ist es." Sie nickte. „Manchmal herzzerreißend, aber ja, wenn man merkt, dass ein Mädchen es wirklich versteht. Dass sie auf dem richtigen Weg ist und bereit, die nötige Anstrengung dafür zu leisten? Ja, dann fühle ich, dass das, was ich tue, wirklich wichtig ist."

„Mit Recht!" Er lehnte sich zurück. „Sind Sie eine der Mentorinnen?"

„Ja, aber hauptsächlich kümmere ich mich um die Beschaffung von Geldmitteln. Es ist nicht glamourös, aber wichtig."

„Was gibt es sonst noch?"

„Und ich werde bald heiraten. Der Mann, der bei mir war, ist mein Verlobter."

„Wie sie mir fortwährend erklären", sagte er und sah sie amüsiert an. „Das ist nicht Ihre Geschichte, das ist Ihr Lebenslauf. Wer sind Sie, Kate? Wer sind Sie, wenn Sie nicht auf Nummer sicher gehen?"

„Wer sind Sie?", forderte sie ihn im Gegenzug heraus. Auf Nummer sicher gehen? Wer glaubte er, dass er war, eine völlig fremde Person derart zu beurteilen?

„Wollen Sie wirklich wissen, wer ich bin?"

Nach kurzer Überlegung stellte sie fest, dass sie das tatsächlich wollte. „Ja."

„Okay. In ungeordneter Reihenfolge. Ich bin ein Mann, dem Gerechtigkeit wichtig ist. Meiner Meinung nach sollten wir all das Geld, das in den Weltraumtourismus investiert wird, dazu verwenden, den Planeten zu reparieren, auf dem wir leben. Meine Lieblingseis ist Rocky Road und ich schaue gern Baseball und Eishockey, aber Football kann ich nicht ausstehen. Ich glaube daran, dass man seinem Land dienen soll, wenn man dazu aufgerufen wird und dass Apfelkuchen mit Eis serviert werden sollte, nicht mit Käse." Er schwenkte sein Weinglas und beobachtete die rote Flüssigkeit darin. „Ich bin der Frau, mit der ich zusammen bin, immer solange treu, wie die Beziehung andauert. Ich glaube an persönliche Freiheit, Klimawandel und das Recht jeder Person auf sauberes Wasser und genug zu essen. Ich glaube, dass jede Frau einen Orgasmus verdient. Jedes Mal."

Als er zu dem Teil mit dem Orgasmus kam, spürte sie einen plötzlichen Stromstoß an ihren geheimsten Stellen. Sein Blick forderte sie heraus, als wüsste er, dass Ted sich diesem Punkt der Tagesordnung nicht ganz so hingebungsvoll widmete. Und das machte sie wütend. Wer glaubte dieser Fremde, dass er war, um derartige Andeutungen bezüglich ihres Sexlebens zu machen?

Sie sagte: „Das hört sich an, als hätte jemand eine Schachtel mit guten Ideen geschüttelt, und Sie haben willkürlich einige herausgeholt."

Er lachte. Es war ein tiefes, sexy Geräusch, dem sie sich anschließen wollte. „Bewusster Gedankenflug; das passiert, wenn man nicht plant, was man sagt, bevor man es sagt. Sie sollten es versuchen."

Sie legte ihre Gabel und ihr Messer hin. „Sie verlangen von mir, dass ich meinen Mund öffne und einfach drauflosrede?"

„Klar. Warum nicht?"

Sie nippte an ihrem Wein.

Die Frauen an dem Spaß-Tisch lachten plötzlich gemeinsam auf, als hätte jemand eine lustige Geschichte erzählt und sie genossen sie völlig ungehemmt. Oh, warum zum Teufel sollte sie nicht ein bisschen ihrer steifen Höflichkeit aufgeben, nur für fünf Minuten? Was konnte schon passieren?

Sie atmete tief ein, als würde sie kurz davorstehen, ins Wasser zu tauchen und müsste ihren Atem für sehr lange Zeit anhalten. „Okay. Ich habe das noch nie zuvor versucht. Sie müssen mir also verzeihen, wenn ich nicht so routiniert bin wie Sie."

„Legen Sie los."

Und das tat sie. Sie öffnete ihren Mund und begann zu sprechen. „Mein Leben ist von Höflichkeit bestimmt. Was erklärt, warum ich momentan einem Mann gegenübersitze, den ich nicht kenne, und ihn die Mahlzeit meines Verlobten essen lasse. Ich lege großen Wert auf gute Manieren und bin der Meinung, dass die Welt ein besserer Ort wäre, wenn sich jeder daran halten würde." Sie machte eine Pause. Sie war nicht so gut dabei, ihre Gedanken bewusst fliegen zu lassen, wie ihr Gesprächspartner. Was wollte sie sonst noch sagen?

„Mir gefällt mein Brautkleid nicht."

Sie war von ihrem eigenen Zugeständnis überrascht und konnte fühlen, wie sich ihre Augen weiteten, also starrte sie über den Tisch. „Mir gefällt mein Brautkleid nicht", wiederholte sie. „Es hat ein Vermögen gekostet und die Designerin hat so gut wie auf einem Bewerbungsgespräch bestanden, bevor sie es auch nur entworfen hat. Ich hatte keinerlei Mitspracherecht. Es ist nicht, was ich wollte, und ich glaube nicht, dass es besonders schmeichelhaft ist." Sie erzählte ihm nicht von den Gel-Pölsterchen, die ihren Busen aufbauschen sollten. Seltsamerweise berichtete sie ihm auch nicht von dem Fluch. Es war eine amüsante Anekdote, die sie Ted erzählen konnte, aber wenn sie sie Nick gegenüber erwähnte, der sie nicht kannte, könnte er denken, dass sie den Fluch ernstnahm. Sie war eine moderne amerikanische Frau. Sie glaubte nicht an Flüche.

Nick hörte ihr gespannt zu, als wäre sie faszinierend. Er war ein guter Zuhörer.

Sie trommelte mit ihren Fingern auf den Tisch, spürte, wie sich die Worte sammelten, als ob ein Damm brechen würde. „Heute habe ich einen Ehevertrag unterschrieben. Ich gehe eine Ehe ein und habe bereits einen Vertrag unterschrieben, der festlegt, welche Rechte ich im Fall einer Scheidung habe, was meine Kinder zu erwarten haben." Plötzlich schien ihr die Luft auszugehen und sie schnappte nach Luft. „Und nur ein paar Wochen vor unserer Hochzeit lässt mich mein Verlobter beim Abendessen sitzen, weil seine Arbeit nach ihm verlangt. Wenn er mich jetzt schon so behandelt, wie wird mein Leben dann in einigen Jahren aussehen?"

Nick sagte kein Wort. Er beobachtete sie einfach. Er schien nicht unbedingt verständnisvoll zu sein, aber sie glaubte, dass sie seine ungeteilte Aufmerksamkeit hatte. Sie war derart von ihren eigenen Worten schockiert, dass sie ihre Lippen aufeinanderpresste und wünschte, ihre unüberlegten Sätze zurücknehmen zu können.

Die Welt blieb nicht stehen. Die leichten Gespräche, das diskrete Kratzen von Besteck auf Tellern, die gedämpften Bewegungen der Kellner im Raum, alles ging ungestört weiter. „Das hätte ich nicht sagen sollen", murmelte sie.

„Warum nicht? Es ist die Wahrheit."

„Weil ich auch an Loyalität glaube."

Ein Kellner umkreiste sie diskret. Ihr Gegenüber sah sie an. „Möchten Sie noch etwas Wein?"

Sie schüttelte den Kopf und war erstaunt, dass die Flasche

bereits leer war. So wie ihr Salatteller. Sie hatte mehr gegessen als in den letzten Tagen. Seltsamerweise war das Brennen in ihrem Magen verschwunden. Es war, als hätte der Mann, der sich in ihren Abend gedrängt und ihr impertinente Fragen gestellt hatte, ihre Gedanken von ihrem Stress abgelenkt.

Der Kellner fragte: „Kaffee? Tee?", als er die Dessertkarte brachte.

„Ich hätte gerne einen Kaffee", sagte Nick. Er sah auf. „Schließen Sie sich mir an?"

Hätte er versucht, sie mit mehr Alkohol gefügig zu machen oder sie zu manipulieren, länger zu bleiben, wäre sie gegangen, aber die Art und Weise, wie er ihr die Wahl gab, zu bleiben oder zu gehen, brachte sie zu dem Entschluss zu bleiben. Sie musste erklären, dass ihre albernen Aussagen über ihr Brautkleid und, was viel schlimmer war, ihren Bräutigam, nichts weiter waren als das Resultat ihrer vorhochzeitlichen Nervosität.

„Kräutertee", sagte sie. „Ingwer, wenn sie einen haben." Ingwer war angeblich gut für den Magen.

„Ingwer-Zitrone?"

„Gerne."

„Dessert?", fragte Nick.

„Ich esse nie Dessert."

Er machte eine Bewegung mit seinen Lippen, die aussah, als würde er hastig ein Grinsen unterdrücken. Was? Sie aß also nie Dessert. Ließ sie das etwa gehemmt erscheinen? Zu strikt? Na, das war zu schade!

Der Kellner verschwand und der Mann, der ihr gegenübersaß, sah sie wieder mit seiner vollen Aufmerksamkeit an. Seine Augen hatten eine interessante Farbe. Grau mit grünen Flecken darauf gesprenkelt. Sie wusste, dass die richtige Bezeichnung haselnussbraun war, aber die Farbe erinnerte sie an das Meer im Winter.

„Warum kaufen Sie kein anderes Kleid?"

Sie schob ihren Verlobungsring auf ihrem Finger hin und her, ertappte sich dabei und unterließ es. „Ein Brautkleid ist kein Paar

Socken." Sie stellte sich einen Moment lang den Schock und Zorn und die Kritik vor, sollte sie es auch nur versuchen, und erschauderte. „Ich hatte Glück, dass sich die Designerin überhaupt dazu herabgelassen hat, mein Kleid zu entwerfen. Sie ist immer ausgebucht." Dann seufzte sie. „Sie verstehen es nicht."

„Okay. Warum reden Sie dann nicht mit Ihrem Kerl?"

„Meinem Kerl?" Ihr Kleid war von einer Frau entworfen worden.

„Ihrem Verlobten. Vielleicht sollten Sie ihm von Ihren Gefühlen erzählen."

Sie drehte ihren Ring einmal ganz um ihren Finger. Der große Diamant stieß an ihrem Mittelfinger an, und sie musste ihre Finger so weit auseinander dehnen, dass sie Mr. Spocks Vulkanier-Gruß hätte durchführen können. „Ich hätte Ihnen meine Gefühle nie beichten dürfen. Ich weiß nicht, was über mich gekommen ist. Wirklich, ich leide an vorhochzeitlicher Nervosität."

Sein Gesicht hatte etwas Ehrliches an sich. Und er sah sie an, als hätte er Mitleid mit ihr. „Sollte ich jemals heiraten hoffe ich doch, dass ich darüber glücklich sein werde. Zumindest drei Wochen vor der Hochzeit."

Ihre Blicke trafen sich wieder. Sie fühlte eine derart starke Anziehung zu diesem Mann, dass sie ihren Blick auf ihren Tee senken musste. Sie machte einen hastigen Schluck. Stellte die Tasse hin.

Plötzlich erhob sie sich. „Es tut mir leid, aber ich muss wirklich los." Und, weil sie immer höflich war, fügte sie hinzu: „Danke für eine interessante Unterhaltung." Und dann schritt sie auf den Ausgang zu und gab vor, ihn nicht sagen zu hören, dass sie auf ihn warten sollte.

„Wie war Ihr Abendessen?", fragte eine freundliche Stimme, als sie sich dem Ausgang näherte.

„Gut, danke."

Sie war draußen auf der Straße, bevor sie sich daran erinnerte, dass sie ihr Auto nicht hier hatte und das Restaurant darum bitten wollte, ihr ein Taxi zu rufen. Natürlich war kein Taxi in der Nähe und sie hatte nicht vor, zurück ins Restaurant zu gehen.

Einen Moment lang sah sie die Straße in Santa Monica hinauf und hinunter, als würde ein Taxi hergezaubert werden, oder noch besser, Ted zurückkommen, um sie abzuholen. Mit einer Entschuldigung dafür, sie sitzengelassen zu haben.

Als keines der beiden Wunder eintraf, beschloss sie, ein Stück zu Fuß zu gehen, ihre Gedanken zu ordnen und dann ein Taxi zu suchen.

Sie fing an zu gehen und dachte, ein bisschen Bewegung würde ihr dabei helfen, dieses seltsame Chaos an Gefühlen zu beruhigen. Sie war kaum einen halben Straßenblock weit gegangen, als eine bekannte Stimme rief: „Hey, es tut mir leid."

Sie knirschte mit den Zähnen. Wirklich? Er musste ihr folgen? „Ist schon gut."

Er war neben ihr angelangt und sie bemerkte, dass er groß war, nicht so groß wie Ted, aber über eins neunzig, breitschultrig und viel zu attraktiv. Eine Frau ging an ihnen vorbei und musterte ihn, wie eine verdurstende Person einen Trinkbrunnen anstarren würde. *Bitte*, wollte sie ausrufen, *nehmen Sie ihn.*

„Lassen Sie mich Sie nach Hause bringen."

Sonst noch etwas. „Nein, danke."

„Darf ich Ihnen ein Taxi rufen?"

„Ich kann mir selbst ein Taxi rufen, danke."

Er ging mit ihr im Gleichschritt. „Es gefällt mir, wie Sie nach jeder Aussage Danke sagen, sogar, wenn Sie wütend sind."

„Danke."

„Kate!" Er griff nach ihrem Arm. „Heiraten Sie ihn nicht."

KAPITEL 3

*S*ie war derartig überrascht von Nicks Worten, dass sie stehenblieb, und er drehte sie, so dass sie ihn anschaute. Sie hatte den momentanen Eindruck, dass er von seinen Worten genauso überrascht war wie sie. War dies ein weiteres Beispiel seines bewussten Gedankenflugs?

Eine Straßenlampe beleuchtete ihn von oben und einen Moment lang schien er einen Heiligenschein zu haben, obwohl sonst nichts an ihm auch nur im weitesten Sinn engelhaft war. Er fuhr sich mit der Hand durch die Haare. „Ich weiß, es hört sich verrückt an, aber ich will Sie wiedersehen."

„Das können Sie nicht." Und sie ignorierte das Ziehen, das verrückte, kaum bemerkbare Ziehen von irgendwo in ihrem Inneren, dass sie drängte, weiterzumachen, ihre Arme um ihn zu legen, zu sagen, zum Teufel damit. Sie war noch nicht verheiratet

Er musste etwas bemerkt haben, denn er kam noch näher. Er hatte keinen Heiligenschein mehr, er wurde nun von hinten beleuchtet, so dass sein Gesicht im Schatten lag. Sie dachte, er würde vielleicht versuchen sie zu küssen. Fragte sich, was sie dann tun würde. Sie spürte, wie sich ihre Lippen öffneten, spürte, wie sie auf scheinbar natürliche Art und Weise zu ihm gezogen wurde.

Sie glaubte ihn fluchen zu hören, sanft, kaum hörbar, aber wie war das möglich? Der Mann hatte den ganzen Abend über mit ihr geflirtet. Dann war der verrückte Moment vorbei. Er griff in seine Jackentasche und zog eine Visitenkarte heraus.

Gab sie ihr. „Ich mag den Mann nicht, den Sie heiraten werden. Ich sage Ihnen hier und jetzt, dass, wenn Sie mein wären, ich Sie niemals während des Abendessens sitzenlassen würde."

„Was, wenn es sich um einen Notfall handelte?"

„Dann würde ich Sie mitnehmen."

Sie starrte auf die Visitenkarte, obwohl sie sie in der Dunkelheit nicht deutlich sehen konnte. „Ich kann sie nicht annehmen."

„Sie können mich jederzeit auf meinem Handy erreichen. Tag und Nacht. Sollten Sie je etwas benötigen. Bitte. Nehmen Sie sie einfach."

Sie starrte auf die Visitenkarte, dann wagte sie einen flüchtigen Blick auf ihn. „Danke."

Dann lächelte er sie an, ein verschlagenes Lächeln. „Ich hoffe, es wird gutgehen." Er lehnte sich plötzlich zu ihr und küsste ihre Wange, eine sanfte Berührung seiner Lippen.

Und er ging an ihr vorbei und aus ihrem Leben, ließ sie mit seinem Duft in ihrer Nase und der Erinnerung an seinen Kuss auf ihre Wange zurück.

„HEIRATEN SIE IHN NICHT." Die Worte verfolgten Kate noch, als sie schon auf dem Rücksitz eines Taxis saß und aus dem Fenster starrte, während das Auto sich in Richtung ihrer Wohnung bewegte. Das Taxi roch nach etwas unangenehm Süßem, vielleicht irgendein Desinfektionsmittel oder das Eau de Cologne eines früheren Insassen.

Im Hintergrund spielte leise eine Nachrichtensendung in

einer Sprache, die sie nicht erkennen konnte. Was auch egal war. Sie konnte sich auf nichts als ihre eigenen Gedanken konzentrieren. Oder, die Worte eines Mannes, den sie nur ein paar Stunden gekannt hatte. Bevor er sie angefleht hatte, Ted nicht zu heiraten, hatte er auch gesagt: „Sie sollten mit ihm sprechen."

Und natürlich hatte der Mann, der das Steak ihres Verlobten gegessen und seinen Wein getrunken hatte, völlig recht. Er konnte erkennen, was sie nicht erkannte. Oder nicht erkennen wollte.

Sie liebte Ted. Sie hatten alle Voraussetzungen für eine glückliche Zukunft, aber im Moment fühlte sie sich unbeachtet, nicht gehört, seiner Arbeit zuliebe zur Seite geschoben. Verwirrt wegen allem, von ihrem Kleid über den Ehevertrag bis hin zu den Flitterwochen. Hatte sie irgendjemand je nach ihrer Meinung gefragt? Wie war es möglich, dass sie ein Kleid hatte, dass ihr nicht gefiel, Flitterwochen plante, die sie nicht wirklich wollte, und eine Ehe einging, bei der sie einen Vertrag unterschreiben musste, bevor sie die Heiratsurkunde unterschreiben konnte?

Vielleicht musste sie Ted nicht herausfordern. Alles, was sie wirklich tun musste war, mit ihm zu sprechen. Über alles. Wie war seine Besprechung gelaufen? Wurde das Problem behoben? Sie drehte ihren Ring auf ihrem Finger. Er war so distanziert gewesen heute Abend, gereizt. Was, wenn seine Arbeit ihn so beanspruchte, dass er die Hochzeit verschieben wollte?

Vielleicht brauchten sie beide mehr Zeit.

Oder vielleicht war das Einzige, was sie brauchte, die Nacht mit ihm zu verbringen. Sie hatten sich wegen des Drucks der Erwartungen ihrer Familien und der Hochzeitsvorbereitungen voneinander entfernt. Wann hatte es aufgehört, sich um sie beide und um die Planung ihrer gemeinsamen Zukunft zu drehen?

Sie lehnte sich impulsiv vor. „Ich habe meine Meinung geändert." Und anstatt zu ihrer Wohnung zu fahren, gab sie dem Taxifahrer die Adresse zu Teds Familiensitz in Malibu. Er wohnte im Poolhaus bis nach der Hochzeit, wenn sie in die Flitterwochen

29

gehen würden. Nach ihrer Rückkehr würden sie in ihrer Wohnung wohnen und mit der Haussuche anfangen.

Das Taxi lieferte sie außerhalb des Anwesens ab und sie verwendete ihren Schlüssel, um das kleinere Tor zu öffnen, das sich innerhalb der eindrucksvollen eisernen Tore befand. Ein Pfad führte sie am Rand des Grundstücks entlang und schlängelte sich zum Poolhaus. Es war ein praktischer Weg, um vom Haupthaus aus nicht gesehen zu werden, und sie hatte Ted schon einige Male auf diese Weise besucht, obwohl er meistens bei ihr in der Wohnung blieb, wo sie sich weniger wie Teenager vorkamen, die sich heimlich trafen.

Als sie sich dem ihr bekannten Gebäude näherte und den Pool sah, der gegen die dunkelgrünen Pflanzen des Gartens wie ein blauer Topas aufleuchtete, entspannte sie sich langsam. Ted würde seine starken Arme um sie legen, sie würden sich eine Weile ruhig unterhalten, vielleicht darüber lachen, wie er sie im Restaurant sitzengelassen hatte. Sie würde ihn dazu bringen, ihr zu versprechen, dass er es nie wieder tun würde.

Vielleicht würde sie ihm von dem Fremden erzählen, der sein Steak gegessen hatte. Aber sobald der Gedanke auftauchte, wusste sie, dass sie Ted nicht von Nick erzählen würde. Wozu würde es gut sein? Sie wollte nicht, dass er sich schuldig fühlte, sie verlassen zu haben, und sie wollte ihn nicht eifersüchtig machen. Noch weniger wollte sie hören, dass die zukünftige Frau Carnarvon dem Kerl hätte eine klare Abfuhr erteilen müssen.

Nein. Es war nichts vorgefallen. Sie würde ihren Mund halten.

Als sie näherkam, konnte sie Stimmen hören und hielt inne. Der Fernseher? Aber Ted sah sich nur die Nachrichten und Geschäftsberichte an. Dies hörte sich mehr nach einer Unterhaltung an. Mehrere Stimmen.

Sie blieb stehen. Es war fast elf Uhr. War die Besprechung schlecht gelaufen? Waren sie immer noch in einer strategischen Besprechung?

Sie wollte Ted nicht unterbrechen, sollte er Geschäftspartner bei sich haben, aber sie wollte sich auch nicht auf eine weitere lange Taxifahrt begeben, wenn es sich vermeiden ließ. Sie schlich sich um das Haus zum Eingang des Poolhauses, wo ein großes Panoramafenster vom Inneren des Poolhauses eine großartige Aussicht auf den Pool bot, und von außen bot es eine großartige Aussicht in das erleuchtete Wohnzimmer.

Sie wusste, dass man sie hier nicht sehen konnte. Nicht, wenn sie auf der Seite blieb, wo die Ligusterhecke erste kürzlich für die Hochzeit gestutzt worden war.

Zu ihrer großen Überraschung sah sie Teds Eltern im Wohnzimmer des Poolhauses sitzen, beide gekleidet, als hätten sie den Abend auswärts verbracht und wären erst kürzlich zurückgekehrt. Sie hielten Kristallgläser gefüllt mit Scotch, wie sie vermutete. Ted stand hinter der Bar und goss mehr Scotch in ein weiteres Glas.

Sie konnte nur eine Hälfte des Zimmers sehen, aber Ted hatte die Fenster meist geöffnet, um frische Luft hereinzulassen. Sie bemerkte, dass dadurch auch das Gespräch überaus deutlich herausdrang.

„Danke. Mit ein bisschen Wasser, bitte", sagte eine weibliche Stimme.

Mit einem Schlag in den Magen erkannte sie die Stimme ihrer Mutter. Was zum Teufel hatte ihre Mutter zu dieser späten Stunde in Teds Haus zu suchen? Und mit seinen Eltern? Ohne Kate auch nur ein Wort davon zu sagen?

Die Ligusterhecke kratzte ihre Beine, als sie sich dem Fenster näherte.

Um einen noch größeren Schock zu erleiden.

Sie blinzelte, um sicherzugehen, dass sie richtig sah.

Ein dritter Mann kam von hinter der Bar hervor und ins Wohnzimmer, wie ein Schauspieler, der auf die Bühne schritt. Es war Nick. Nick, der Mann, mit dem sie heute Abend gegessen

hatte. Der Mann, der sich als Fremder ausgegeben und sie ange-
regt hatte, ihm ihre Geheimnisse zu erzählen.

Er hatte seine Jacke ausgezogen und sie bemerkte, dass sich
unter seinen hochgekrempelten Ärmeln kräftige Unterarme
befanden. Er hatte sich in der Zwischenzeit nicht rasiert oder
frisiert und wirkte daher immer noch ein bisschen anrüchig. Er
hatte außerdem einen leicht finsteren Gesichtsausdruck.

Ted reichte ihrer Mutter einen Drink, hob seinen eigenen auf
und stellte sich neben Nick. Er hielt sein Glas fest umklammert.

„Okay, lass uns deinen Bericht hören", sagte er kurz.

Bericht?

Sie konnte spüren, wie sich die Energie im Raum verlagerte,
als sich aller Augen auf Nick richteten, der den Mittelpunkt der
Bühne eingenommen hatte.

Einen winzigen Moment lang war es still. Nick drehte sich
um und sah auf den Pool, obwohl es sich anfühlte, als würde er
sie anstarren. Die Spannung im Raum war spürbar und hallte in
ihrem Magen wider.

Sie fing an zu zittern, als die Erkenntnis des Verrates einsi-
ckerte. Sie krampfte ihre Hände so fest zusammen, dass der
große Diamant in ihre Finger schnitt, sie verletzte. Als sie hier
angekommen war hatte sie geglaubt, dass der Tag, der sich von
schlimm zu schlimmer entwickelt hatte, endlich ein Ende finden
würde. Aber jetzt hatte sie das äußerst ungute Gefühl, dass sie
noch nicht einmal in die Tiefen von „am schlimmsten" einge-
taucht war.

Nick fing endlich an zu sprechen. „Es ist ein kurzer Bericht.
Sie ist unantastbar."

Ihre Mutter trat ins Bild, immer noch in dem grünen Chanel-
Anzug, und strahlte. „Wie ich es euch gesagt habe, nicht wahr?"

Teds Vater erhob sich, ignorierte ihre Mutter und sagte:
„Haben Sie es auch wirklich gut versucht? Ich bezahle nicht für
schäbige Arbeit."

„Habe ich auch wirklich gut versucht, Teds Verlobte zu

verführen?" Nick schien darüber nachzudenken. „Ich habe mich zum Essen zu ihr gesellt, war so charmant wie ich sein kann ..."

„Also hat sie Sie nicht davon abgehalten, sich zu ihr zu gesellen?", unterbrach der ältere Mr. Carnarvon sie.

„Duncan, bitte. Lass ihn ausreden", bat Teds Mutter ihn.

Es war verrückt, als befände sie sich mitten in einem Albtraum und versuchte aufzuwachen, aber der Traum ging weiter. Einer von denen, wo etwas Schreckliches hinter ihr lauerte und so sehr sie auch zu schreien versuchte, es kam nichts aus ihrem Mund heraus. Genauso fühlte sie sich jetzt. Sie konnte sich nicht bewegen, konnte nicht sprechen, sie musste diesen Albtraum beobachten, der sich vor ihr abspielte.

Nick fuhr fort: „Sie versuchte zu gehen, aber ich kann sehr überzeugend sein." Er wandte sich an Ted. „Dein Steak wurde serviert, als sie dabei war aufzustehen. Ich denke, sie war zu höflich, um mich mit deinem Abendessen allein zu lassen."

„Hmm."

„Das hört sich einleuchtend an, Liebling. Sie ist ein überaus höfliches Mädchen"; sagte Teds Mutter. *Und danke dafür, Millicent.*

„Was ist dann passiert?"

„Ich habe ihr mehr als genug Möglichkeiten gegeben, um über ihren Bräutigam zu schimpfen. Ich dachte, sie sei sauer genug, um ihren Ärger herauszulassen, nachdem sie in einem vollen Restaurant sitzengelassen worden war."

„Und tat sie es?"

„Nein. Sie hatte nur Gutes über Ted zu sagen. Dann habe ich mein Bestes gegeben, um sie zu verführen. Sie stürmte aus dem Restaurant. Ich folgte ihr und versuchte ein letztes Mal, sie wenigstens dazu zu überreden, mich wiederzusehen. Sie war nicht daran interessiert."

Nicht wirklich, was passiert war. Sie fragte sich, warum er log, um sie viel heiliger aussehen zu lassen als sie sich tatsächlich benommen hatte.

„Vielleicht war sie einfach nur nicht an Ihnen interessiert", sagte Teds Vater.

Ted lachte. „Nick? Er ist eine Legende, wenn es um Frauen geht. Deshalb war er die perfekte Wahl. Wenn Nick meine zukünftige Frau nicht verführen kann, dann würde ich sagen, dass es niemand kann."

Alle im Raum nickten und nach einem kurzen Moment machte auch Teds Vater eine kurze auf und ab Bewegung mit seinem Kopf. Er griff in seine Tasche und reichte Nick einen Scheck. Sie sah, wie der Mann, mit dem sie zu Abend gegessen hatte, auf den Betrag schaute und den Scheck dann in seine Tasche stopfte.

„Du hast eine treue Frau gefunden, Kumpel. Ich gratuliere dir", sagte Nick und streckte seine Hand aus.

„Danke. Was für eine Erleichterung, das kann ich dir sagen", antwortete Nick und schüttelte die Hand kräftig. „Bist du sicher, dass ich dich nicht überreden kann bis zur Hochzeit zu bleiben?"

„Es wäre vielleicht etwas schwierig, deiner Braut zu erklären, dass der Mann, den nicht zu kennen du im Restaurant vorgegeben hast, dein alter Zimmerkollege vom College ist."

„Ich bin sicher, wir könnten ..."

„Nein. Danke. Ich muss zurück nach Seattle. Ich habe einen großen Fall."

„Also gut. Danke noch mal. Lass uns wenigstens auf die guten alten Zeiten anstoßen."

Aber Nick hob bereits seine Jacke auf. „Ein anderes Mal. Viel Glück." Und er verließ das Haus.

Sie presste sich an die Wand des Poolhauses, aber Nick ging den Weg entlang, ohne auch nur einen Blick in ihre Richtung zu werfen. Er schien ein Mann in Eile zu sein.

Sie ließ einen Moment verstreichen, als sich ihr Schock in die brennendste Wut verwandelte, die sie je in ihrem Leben erlebt hatte.

Der Mann, den sie heiraten wollte, hatte ihr eine Falle gestellt.

Hatte sie absichtlich verwundbar gemacht und dann einen geübten Frauenhelden auf sie angesetzt, um sie zu verführen.

Was für ein Typ Mann würde so etwas tun?

Nicht der Typ, den sie heiraten wollte. Wo war die Loyalität? Das Vertrauen? Wie konnte man vorgeben, jemanden zu lieben und dann ...

Es war, als würde ein Vulkan irgendwo in ihrem Inneren ausbrechen, und sie konnte die Explosion nicht aufhalten. Um ehrlich zu sein, sie versuchte es nicht einmal.

Sie stapfte auf die Tür zum Poolhaus zu und riss sie auf. Als sie in die Mitte des Zimmers stürmte, ziemlich genau dorthin, wo Nick gestanden war, wurde sie von vier unterschiedlichen Blicken von Schock und Überraschung belohnt.

„Kate", sagte Ted, der sich als Erster zu erholen schien. „Was für eine großartige Überraschung. Wir haben gerade ..."

„Ich weiß, was ihr getan habt. Ich habe euch gehört." Sie wollte die teure, goldene Flasche Scotch gegen das große Panoramafenster werfen, wollte den Knall hören und die Explosion sehen, aber sie hielt sich stattdessen an Schreien.

„Du hast mir eine Falle gestellt. Wer war der Kerl? Ein Schauspieler?"

„Ein Privatdetektiv", sagte Duncan Carnarvon und sah von oben auf sie herab, als würde er wütende Frauen für geschmacklos halten. „Du musst verstehen, dass in diese Familie einzuheiraten eine große Verantwortung ist. Teds Frau muss sowohl diskret als auch loyal sein. Du hast dich sehr gut geschlagen." Er hörte sich an, als wollte er versuchen ihr ein Kompliment zu machen. Als wäre all dies normal.

„Wie kannst du es wagen?", schrie sie, wieder an Ted gewandt. „Ich bin kein Geschäftsprojekt, das du testen und beurteilen kannst. Ich bin die Frau, die dich liebt. Die Frau, die du heiraten wolltest."

Während sie kreischte, versuchte sie den Ring von ihrem Finger zu streifen, aber er steckte fest.

35

„Ich werde dich heiraten", sagte Ted beruhigend.

„Beim Teufel wirst du das tun", schrie sie. Endlich hatte sie den Ring abgezogen. Sie würde vielleicht nie ein Baseballspieler in der ersten Liga sein, aber sie hatte so viel Wut in sich, dass sie den Ring wie eine glitzernde Rakete in die Luft schleuderte. Er flog in hohem Bogen und sandte lupenreine Strahlen durch den Raum, bis er Ted im Gesicht traf.

„Au!", heulte er auf und legte eine Hand auf seine Wange.

„Die Hochzeit ist abgesagt. Ich will dich niemals wiedersehen."

Als sie sich umdrehte, hörte sie einen Aufruhr; vier Stimmen sprachen gleichzeitig.

„Ted, du bist verletzt", schrie seine Mutter.

„Kate, warte", schrie ihre Mutter.

„Du wirst sofort zurückkommen, junge Dame", schrie sein Vater.

„Ich liebe dich", schrie Ted selbst.

Was Kate betraf, weinte sie nur. Aber sie ging weiter.

KAPITEL 4

*K*ate nahm an, dass Ted ihr folgen würde, ihr nachlaufen und alles erklären würde. Er wusste, dass sie kein Auto hatte. Sie dachte darüber nach, sich in den Büschen zu verstecken, bis er seine Suche aufgab, aber das schien ihr feige zu sein, und außerdem war sie zu wütend um sich ruhig zu verhalten.

Aber niemand folgte ihr. Sie stand in der Dunkelheit und fragte sich, was sie tun sollte. Sie konnte das Meer im Hintergrund rauschen hören, entfernten Verkehrslärm. Sie hatte einen weiten Weg vor sich und beabsichtigte nicht, vor den Eingangstoren zu warten, nachdem sie ein Taxi gerufen hatte. Sie musste sofort von hier weg.

Oh, zum Teufel damit. Sie würde eine Weile zu Fuß gehen und sich dann ein Taxi rufen.

Sie ging auf das Haupttor zu und kollidierte beinahe mit jemandem auf dem dunklen Pfad. Beide zuckten zusammen und gaben erschrockene Laute von sich. Dann erkannte sie Ashley, Teds Cousine, die mit ihrer Mutter in einem kleinen Cottage auf dem Grundstück wohnte. „Ashley, du hast mich beinahe zu Tode erschreckt."

„Du mich auch."

Laut Ted war Ashley Carnarvons Mutter gegen den Willen ihrer Eltern und ihres ältesten Bruders Duncan eine unerwünschte Ehe eingegangen. Als die Ehe übel endete, zog sie mit ihrer einzigen Tochter wieder nach Hause, und die beiden wohnten seitdem in einem kleinen Cottage auf dem Familien-Grundstück. Obwohl sie beinahe im gleichen Alter waren, Ashley war vierundzwanzig und Kate achtundzwanzig, verbrachten sie nicht viel Zeit zusammen. Ted sagte, dass Ashley vierundzwanzig war und sich wie eine Vierzehnjährige benahm. Sie besuchte das College auf Teilzeitbasis, hatte verschiedene einfache Jobs und schien damit zufrieden zu sein, ihr Leben auf Partys zu verbringen.

Aber im Moment schien sie die Antwort auf Kates Dilemma zu sein. „Ash, würdest du mich bitte nach Hause fahren?"

„Ich habe keinen Führerschein."

Wie konnte man erwachsen sein und keinen Führerschein haben? Soviel dazu. „Auch gut", sagte sie und ging weiter.

Ashley starrte sie an. Kate konnte den Alkohol in ihrem Atem riechen und nahm an, dass sie gerade von einer Party kam. „Warum bringt Ted dich nicht nach Hause? Wenn du dorthin willst."

„Ted und ich haben uns gestritten", sagte sie. Sie würde dem neugierigen Mädchen nicht sagen, dass sie sich getrennt hatten. Sie wollte nicht, dass Ashley die erste Person war, die von den Neuigkeiten erfuhr.

„Tut mir leid. Willst du bei uns schlafen? Unser Haus ist nicht sehr groß, aber wir haben ein Sofa."

Das war nett von ihr, aber Kate konnte sich nichts Schlimmeres vorstellen, als noch eine Minute länger auf dem Carnarvon-Anwesen zu bleiben. „Danke, aber ich muss von hier weg."

„Okay. Dann mach einfach, was ich mache, wenn ich von hier wegmuss."

„Und das wäre?"

„Ein Fahrrad stehlen."

Also tat sie etwas, was sie noch nie in ihrem Leben getan hatte.

Kate stahl ein Fahrrad. Tatsächlich borgte sie es sich aus, aber ohne Erlaubnis, und so kam sie sich äußerst taff vor.

Ashley führte sie zu einem Schuppen, in dem alte zehngängige Fahrräder zusammen mit Angelausrüstungen, Booten, einigen alten Surfbretter und einem Golfwagen untergebracht waren. Die Scheune war nicht versperrt. Ashley riss die Tür auf und drückte den Lichtschalter.

Kate beobachtete wie Teds Cousine sich umsah und Reifen zusammendrückte. „Dieses hier ist in Ordnung. Sollte auch größenmäßig hinhauen."

„Aber es ist finster draußen."

„Richtig." Ashley sah sich wieder um, nahm ein Licht von einem anderen Fahrrad und reichte es ihr.

„Gibt es einen Helm? Vielleicht eine reflektierende Weste?" Sie mochte wütend sein und an gebrochenem Herzen leiden, aber sie war nicht lebensmüde.

Ashley sah sie an als wäre sie eine Niete, durchforstete aber einige Kisten, bis sie einen Helm fand, der gut genug passte. Kate schloss sich der Suche an und entdeckte eine Fahrradjacke mit reflektierenden Streifen auf dem Rücken. „Perfekt." Obwohl sie das nicht war. Sie roch nach Schimmel und war viel zu groß.

Während Ashley das Licht ausmachte und die Tür schloss, rollte Kate das Fahrrad den Pfad entlang und durch das Haupttor. Als sie aufstieg, kam Ashley zu ihr. „Soll ich mitkommen?"

„Nein. Aber danke."

„Okay. Viel Glück." Sie half Kate dabei, ihre Tasche umzuhängen und sah zu, wie sie aufstieg und losfuhr. Dann winkte sie, als Kate sich auf den langen Weg nach Hause machte. Während sie in der Dunkelheit fuhr, hob eine Brise ihren Rock an, und es war ihr völlig egal, wer vorbeifuhr und ihre Unterhose sehen konnte.

Als sie endlich bei ihrer Wohnung ankam, beinahe zwei Stunden später, fühlte sie sich seltsam beschwingt. Sie hatte eine Nachricht auf ihrem Telefon. „Kate, ich glaube wirklich, dass du überreagierst. Zum Glück ist der Schnitt auf meiner Wange nichts Ernstes, aber was, wenn der Ring mein Auge getroffen hätte? Ich schlage vor, dass du dich beruhigst und wir uns morgen unterhalten. Mach dir keine Sorgen, ich liebe dich trotzdem noch."

„Tu mir keinen Gefallen", murmelte sie und löschte die Nachricht. Dann fing sie an, im Zimmer auf und ab zu gehen. Die Carnarvon Familie hatte beträchtlich in diese Hochzeit investiert, nicht nur finanziell, sondern auch gesellschaftlich. Mehr als zweihundert einflussreiche Leute waren eingeladen. Die bevorstehende Hochzeit war in den Gesellschaftsseiten der lokalen Zeitungen beschrieben worden, in einigen Blogs, und ihre Mutter hatte natürlich eine Ankündigung an alle renommierten Zeitschriften geschickt. All diese Leute wieder auszuladen würde eine monströse Aufgabe sein. Und eine peinliche.

Sie ging weiterhin auf und ab, und ihr Ärger vertrieb ihre Erschöpfung nach der langen Fahrradfahrt.

Was, wenn sie sich jetzt noch in der postkoitalen Umarmung mit Nick, dem Tugend-Tester, befinden würde? Was sie sich als etwas wie einen Kuchen-Tester vorstellte. Stich es in etwas Süßes und sieh, was herausgezogen wird. Sie würden die Hochzeit also absagen müssen.

Aber sie hatte den Carnarvon-Treuetest bestanden. Nick hatte sie als viel tugendhafter erscheinen lassen, als sie sich tatsächlich benommen hatte, worüber sie ein anderes Mal nachdenken würde, aber er hatte sie glauben lassen, dass sie die perfekte Frau für Ted war.

Klar, sie hatte Ted seinen Verlobungsring ins Gesicht geworfen und verkündet, dass sie ihn nicht heiraten würde, aber sie hatte das ungute Gefühl, dass niemand dachte sie hätte es ernst gemeint. Aus ihrer Reaktion zu schließen, dachten sie alle, dass sie sich albern aufführte, kindisch.

Sie war ziemlich sicher, dass morgen eine große Menge Druck auf ihr landen würde. Dieselbe Tat, die sie dazu gebracht hatte, ihre Verlobung zu beenden, hatte sie in der Welt der Carnarvons in die perfekte Ehefrau für Ted verwandelt.

Kate wollte sich nicht mit irgendeinem Druck auseinandersetzen. In den letzten Monaten hatte sie herausgefunden, dass sie ein völliger Schwächling war. Sie hatte ein Kleid akzeptiert, das ihr nicht gefiel, weil die großartige Evangeline sich dazu herabgelassen hatte, es zu entwerfen. Sie hatte sich mit Flitterwochen in einer riesigen Villa inklusive kompletter Dienerschaft abgefunden, obwohl sie einen kleinen

Bungalow irgendwo an einem Surfer-Strand bevorzugt hätte.

Sie hatte einen kaltherzigen Ehevertrag unterschrieben.

Ihr Magen hatte seit Wochen versucht, ihr eine dringende Nachricht zu schicken, aber sie hatte es ignoriert. Stattdessen war es ein sexy Fremder gewesen, der sie dazu gebracht hatte, sich ihrer Unzufriedenheit zu stellen. Ein Fremder, der dafür bezahlt worden war, sie hereinzulegen.

Sie war so wütend und wusste, dass sie nicht klar würde denken können.

Das Einzige, was sie wirklich benötigte, war Abstand. Ein bisschen Zeit zum Nachdenken, ohne jeglichen Druck. Sollte sie sich trotz allem dazu entscheiden, Ted zu heiraten, würde sie es tun, weil sie ihn liebte und den Rest ihres Lebens mit ihm verbringen wollte, was, ihren momentanen Gefühlen nach zu urteilen, nicht sehr wahrscheinlich war. Im Moment hatte sie keine Liebe in ihrem Herzen, sie spürte Verachtung für den Mann, der die Treue seiner zukünftigen Ehefrau testen ließ. Vielleicht würden sich ihre Gefühle ändern, wenn sie sich beruhigt hatte, aber so lange sie noch vor Wut und wegen des Verrats so aufgebracht war, konnte sie sich dessen nicht sicher sein. Sie fing an zu packen.

Und während sie packte kam ihr der Gedanke, dass eine Familie, die einen Privatdetektiv anheuerte, um ihre Treue zu testen, nicht davor zurückschrecken würde, sie zum Funktionieren zu nötigen oder einen Detektiv einzustellen, um sie zu finden.

Sie dachte über einen rudimentären Plan nach und erledigte dann ein paar Anrufe. Sie hatte nicht viel Geld zur Verfügung, also rief sie das Reisebüro an, bei dem Ted ihre Tickets nach Hawaii gekauft hatte, und hinterließ eine Nachricht, in der sie sich nach Flügen nach London oder Sydney erkundigte, als ob sie sich nicht zwischen den beiden entscheiden könnte. Dann kaufte sie eine Bus-Fahrkarte nach Las Vegas und eine Zug-Fahrkarte mit dem Amtrak nach New York. Dann rief sie Lissa an, eine der anderen Frauen, die für die Stiftung arbeitete und außerdem eine ihrer besten Freundinnen war.

„Waaaas?", antwortete eine jammernde, verschlafene Stimme nach dem vierten Läuten.

„Lissa, ich bin's, Kate."

„Ich hoffe, es ist wichtig."

„Was hältst du davon, ein paar Wochen lang das Auto mit mir zu tauschen?"

Ein verschlafenes Gähnen antwortete ihr. „Bist du betrunken?"

„Nein, ich meine es ernst."

„Du willst dein süßes kleines Fahrgestell gegen meinen alten Rosthaufen tauschen?"

„Jawohl."

„Schätzchen, ich bin dabei."

„Wunderbar. Ich komme gleich vorbei."

BEVOR DIE DÄMMERUNG sich auch nur überlegt hatte, ob sie hereinbrechen sollte, war Kate bereits unterwegs. Ihr Ziel? Wohin zum Teufel auch immer sie fahren wollte, wo niemand nach ihr suchen würde.

Sie fuhr auf die I-5 Autobahn auf und beschloss kurz darauf, dass sie eine zu gerade und entschlossene Straße für ihre Laune war. Sie stellte den Blinker an, um nach rechts zu fahren, und fing an, sich in diese Richtung zu bewegen, wobei sie vergaß, dass sie sich nicht in ihrem eigenen Auto befand. Der Alte VW Rabbit hatte einen Blinker, der wie eine Zeitbombe tickte, und wenn sie auf das Gaspedal trat, setzte sich das Auto nicht gerade schnell in Bewegung, sondern schien sich bei gleichbleibender Geschwindigkeit zu überlegen, ob schneller zu fahren eine gute Idee war oder nicht.

Der Sitz hatte keine Lendenwirbelstütze, einer der Außenspiegel fehlte und auf dem Beifahrersitz befanden sich ein halbgegessener Donut und verschütteter Nagellack. Ein Paar winziger lila Flip-Flops hing vom Rückspiegel und tanzte jedes Mal, wenn sie über eine Schwelle oder ein Loch fuhr.

Sie fuhr von der I-5 ab und in Richtung des Pacific Coast Highway. Viel besser. Ruhiger. Als sie um die Buchten fuhr kam sie sich vor, als würde sie einer Reihe von Fragezeichen nachfahren.

So viele Fragen liefen durch ihre Gedanken.

Wie war sie nur in diesem Chaos gelandet?

Wie hatte Ted ihr sagen können, dass er sie liebte und ihr dann eine derartige Falle stellen können?

Was sollte sie tun?

Und die wichtigste Frage von allen. Wer war sie wirklich? Und was wollte sie vom Leben?

Sie fuhr in San Clemente ab, um zu frühstücken, und folgte der sich schlängelnden Straße bis zum Strand. Drei Delfine spielten im Meer, purzelten und sprangen in den Wellen und brachten sie zum Lächeln. Surfer waren auch draußen. Sie setzte sich in den Sand und fragte sich, wie ihr Leben von jetzt an verlaufen würde. Sie und Ted hatten ihre Zukunft seit so langer Zeit geplant, dass es seltsam war, sich ein Leben ohne ihn vorzustellen. Sie hatten darüber gesprochen, was für ein Haus sie kaufen würden, über die Kinder, die sie haben würden, lächerliche Dinge, wie etwa, wann sie ihrer Tochter erlauben würden, einen Freund zu haben oder ob sie sich zur Papierhochzeit tatsächlich Papier schenken würden. Nun würden sie die Hochzeitsgeschenke, die sich bereits anhäuften, zurückgeben müssen.

Sie zeichnete mit ihren Zehen Muster in den Sand. Sie hatte für heute eine Maniküre und Pediküre gebucht, fiel ihr ein, als sie einen Blick auf ihre Zehen warf. Sie sollte sie absagen.

Sie nahm ihr Handy aus der Tasche und schaltete es ein. Sie hatte 17 verpasste Anrufe und ihre Mailbox war voll. Sie rief das Nagelstudio an. Als sie darauf wartete, dass jemand abnahm, bemerkte sie eine Gruppe von Surfern, die ihre Sachen zusammenpackten. Sie hatten den traurigen Gesichtsausdruck von jemandem, dessen Ferien zu Ende gingen.

„Esther Nagelstudio, wie kann ich Ihnen behilflich sein?"

„Kate Winton-Jones hier. Ich muss meinen Termin für heute absagen. Er war mit Katrina." Sie war seit Jahren zu Katrina für ihre Maniküre gegangen und war froh, dass sie sich daran erinnert hatte, ihren Termin abzusagen. Hoffentlich konnte Katrina jemand anderen unterbringen.

„Würden Sie bitte einen Moment warten?"

„Ah, okay, warum nicht."

Sie hörte ein Klicken und kurz darauf meldete sich Katrina. „Kate?"

„Ja. Hallo. Es tut mir wirklich leid, aber es ist etwas dazwischengekommen. Ich kann meinen Termin um zwei Uhr heute nicht wahrnehmen."

„Oh, mein Gott, geht es dir gut?" Bevor sie antworten konnte, sagte Katrina: „Deine Mutter war hier, als wir öffneten, halb hysterisch, sagte, ich sollte sie anrufen, sobald ich von dir höre. Sie glaubt, dass dir ist etwas zugestoßen ist. Sie wollte eine Vermisstenanzeige aufgeben, aber die Polizei hat ihr gesagt, dass du noch nicht lange genug verschwunden bist."

„Was?" Sie atmete tief ein. „Eine Vermisstenanzeige?" Man

konnte sich auf ihre Mutter verlassen, ein Drama zu inszenieren anstatt ihr eigenes Benehmen und Gewissen zu erforschen.

„Ja. Und? Geht es dir gut?"

„Es ist alles in Ordnung. Ich habe die Hochzeit abgesagt und mache Urlaub, das ist alles. Solltest du wieder von meiner Mutter hören, sag ihr bitte, dass es mir gutgeht."

„Du hast die Hochzeit abgesagt?" Katrina hörte sich an, als könnte sie es nicht glauben.

„Ja. Hat meine Mutter es dir nicht erzählt?"

„Nein. Sie hat es so dargestellt, als wärest du entführt worden oder etwas Ähnliches. Sie ist fest entschlossen, dich zu finden."

„Oh, du lieber Himmel. Ted und ich haben uns gestritten und die Hochzeit ist gestrichen. Niemand hat mich entführt."

„Du musst sie anrufen."

„Nein, das muss ich wirklich nicht." Der reine Gedanke an den Verrat ihrer Mutter erfüllte sie mit Wut. Ihre eigene Mutter hatte sich dem verrückten Plan angeschlossen, jemanden anzustellen, um sie vor ihrer Hochzeit zu verführen. Ihre eigene Mutter!

„Sag mir wenigstens wo du bist. Sie wird mich umbringen, wenn ich nicht irgendeine Information für sie habe."

Eine Reihe von Delfinflossen tauchte auf und sah aus wie aufgefädelte Wimpeln. „Es tut mir wirklich leid, dass ich dich in die Sache hineingezogen habe. Aber es wird vorüber sein, sobald die Hochzeit offiziell abgesagt wurde."

„Hm, ich glaube, dass die Hochzeit immer noch geplant ist."

„Was?" Sie musste gekreischt haben, denn einer der Surfer drehte sich um und starrte sie an. „Aber ich habe ihm seinen Ring zurückgegeben. Ich war verdammt noch mal sehr deutlich, als ich die Verlobung gelöst habe."

„Deine Mutter hat hysterisch vor sich hin geschwafelt. Sie hat gesagt ich sollte sagen, dass du eine Halsentzündung hast, wenn jemand nach dir fragt. Kate, sie hat deinen Termin für den Tag vor der Hochzeit bestätigt."

„Okay." Sie atmete stoßartig aus. Eine Familie mit kleinen Kindern kam an den Strand. Die Kinder trugen verschiedenfarbige Plastikeimer. „Sag ihr, dass ich nach Phoenix fahre."

„Phoenix? Niemand fährt nach Phoenix."

Sie lächelte. „Genau."

KAPITEL 5

*K*ate war kein Filmstar und sie war nicht Teil einer königlichen Familie. Sie hatte geglaubt, dass sie Ted einfach mitteilen könnte, dass sie ihn nicht heiraten würde und dann ihr Leben weiterleben könnte. Offensichtlich war die Sache nicht ganz so einfach.

Sie war gerade erst dabei, ihr Handy wieder in ihre Tasche zu stecken, als es wieder läutete. Es war Teds Klingelton. Sie hatten ihren eigenen Klingelton aus dem John Mayer Lied entworfen, das im Hintergrund gespielt wurde, als Ted um ihre Hand anhielt. Jetzt wurde ihr von dem Geräusch übel. Sie schickte den Anruf direkt zur Mailbox und löschte dann alle Daten auf dem Handy.

Es war so gut wie neu. Teds Büro hatte einen Plan für alle Mitarbeiter und er hatte sie angefügt. Sie stand auf und ging zu den Surfern, die immer noch ihre Sachen packten. „Wie waren die Wellen?"

„Toll. Aber wir müssen zurück zur Arbeit. Was stinkt."

Man konnte Handys verfolgen. Sie dachte daran, den Surfern ihr Handy zu geben, aber sie wollte nicht, dass irgendjemand dachte, sie hätten es gestohlen. Sie beschloss, es stattdessen irgendwohin zu schicken. Sie fand ein Postamt und schickte ihr Handy, nach reiflichen Überlegungen, nach Miami. Vielleicht würden sie den verlogenen Privatdetektiv aus Seattle wieder einstellen und er würde ihrem Telefon bis nach Miami folgen. Das würde sie glücklich machen. Nur wünschte sie sich jetzt, dass sie einen viel weiter entfernten, gefährlichen Zielort ausgewählt hätte.

Nachdem sie sich des Handys entledigt hatte, gönnte sie sich ein Frühstück am Pier und beschloss, dass sie sich ernsthafter damit beschäftigen müsste, ein gutes Versteck zu finden, zumindest bis ihr Hochzeitstag vorbei war.

Sie setzte ihre Fahrt fort, immer noch in Richtung Süden. Sie könnte in wenigen Stunden in Mexiko sein.

Sie rief Lissa von einem Münztelefon außerhalb eines Spirituosen-Geschäfts an. Nachdem sie sich begrüßt hatten, sagte Lissa: „Nein, du kannst dein Auto nicht wiederhaben. Ein Deal ist ein Deal."

Sie lächelte. „Machst du Witze? Ich liebe dein Auto." Sie schaute auf das verbeulte blaue Auto, dessen Farbe an einigen Stellen abblätterte und rostete. „Es hat Charakter."

Lissa kicherte tief in der Kehle. „Du bist nicht ganz dicht, das weißt du, oder?"

„Hör zu. Du bist eine gute Beraterin und hast vielen unserer Mädchen geholfen. Könntest du mich beraten?"

„Wirklich? Du willst, dass ich Miss Perfekt berate?"

„Miss Perfekt? Ist das, wie du mich siehst?" Sie war ein Bündel aus Unsicherheiten und Widersprüchen.

„Das ist der Spitzname, den die Mädchen dir gegeben haben. Hast du das nicht gewusst?"

Sie seufzte und wurde sich bewusst, dass sie der Welt ein Image geboten hatte, das nicht einmal annähernd der Wahrheit entsprach. „Nein, das habe ich nicht gewusst."

Lissas Stimme veränderte sich, wurde sanfter. „Okay, ich habe mir frischen Kaffee geholt und ich sitze. Bereite dich darauf vor, beraten zu werden. Aber ich werde dir das Gleiche sagen wie den Mädchen. Ich spiele das ‚Ich-Ärmste-Spiel' nicht und es ist mir egal, ob du ein Opfer bist. Sag mir, was tun wirst. Was wirst du tun, um auf deinen eigenen Beinen zu stehen?"

„Das sagst du den Mädchen?"

„Verdammt, ja! Du glaubst, du hast es schwer?"

Kate schämte sich sofort. „Nein, das glaube ich nicht. Ich habe so viel Glück in meinem Leben, ich sollte deine Zeit nicht verschwenden. Es tut mir leid."

„Nicht so schnell. Nur weil du ein reiches, verwöhntes weißes Prinzesschen bist, heißt das noch lange nicht, dass du keine Probleme hast. Also, heraus damit."

Sie atmete tief ein. „Ich bin ein Feigling."

„Und? Wie sind alle auf eine gewisse Weise Feiglinge. Erinnere dich daran, was ich gesagt habe. Keine Opferrolle spielen."

„Genau." Nicht wie ein Opfer denken. „Was ist das Gegenteil von einem Opfer?"

„Was denkst du?"

„Wirklich, Lissa? Du bist eine von den Beraterinnen? Du verwandelst alles in eine Frage und wirfst sie mir dann zurück?"

„Willst du deinen Hintern zurück nach L.A. bringen und einen echten Therapeuten finden? Mir soll's recht sein."

„Okay. Es tut mir leid." Autos fuhren mit einem eintönigen, stumpfen Rauschen vorbei. Sie musste in einer der letzten überlebenden Telefonzellen in Nordamerika sein, und die hatte eine Grunderneuerung nötig. Das Glas war schmutzig, das Telefon verbeult und sie war überaus froh darüber, immer ein Handdesinfektionsmittel dabei zu haben. Sie hatte den Hörer damit praktisch übergossen, bevor sie ihn in die Nähre ihres Kopfes brachte.

„Das Gegenteil eines Opfers. Ein Sieger? Ein Gewinner?" Sie seufzte. „Ich will nicht gegen Ted gewinnen."

„Vielleicht ist es nicht Ted, gegen den du ankämpfst", sagte Lissa sanft.

„Also verwandelst du nicht alles in eine Frage und wirfst sie mir dann zurück", sagte sie lächelnd.

„Meine Methode erstreckt sich über viele Disziplinen."

„Gegen wen kämpfe ich?", wiederholte sie die Frage, die nicht wirklich eine Frage war. „Ist es meine Mutter?"

„Ist sie es?"

Sie erlaubte sich, darüber nachzudenken, dann traf sie die Wahrheit. „Es ist nicht meine Mutter, nicht wahr? Ich bin es selbst."

„Du weißt, was passiert, wenn du vor dir selbst davonläufst? Du läufst lange, aber du kommst nicht weit."

„Du meinst ich soll zurückkommen? Mich ihnen widersetzen?"

„Nein, das meine ich nicht. Bis du dir nicht selbst darüber im Klaren bist, was du willst, wirst du in deine alten Muster verfallen. Ich denke, du wirst tapferer werden, aber du brauchst etwas Zeit."

Die letzten paar Wochen ihres Lebens spielten sich vor ihren Augen in einer Reihe von Bildern ab, wie eine Film-Montage. Sie sah ihre Reflexion im Spiegel, als sie das Brautkleid anprobierte, Evangeline, wie sie ihre Brüste hochschob, um ein Kleid auszufüllen, das auszufüllen sie nie fähig gewesen wäre.

Und plötzlich erzählte sie Lissa von dieser letzten Anprobe, von dem Fluch, den Gel-Pölsterchen. Alles. „Dieses Kleid war wie eine Metapher. Es war nicht für mich bestimmt. Ich bin in dem Kleid verblasst. Ich habe mich buchstäblich darin verloren."

„Okay. Das ist eine gute Erkenntnis. In gewisser Hinsicht hat diese Nadel auch deine Fantasie-Blase platzen lassen. Nicht wahr?"

Ein Truck fuhr auf den Parkplatz des Spirituosen-Geschäfts und ein Mann mit einer Baseballkappe stieg aus und ging in das Geschäft.

„Du lieber Himmel. Du hast recht."

Sie dachte an ihr Abendessen mit Ted, als sie versucht hatte, mit ihm zusammen das Restaurant zu verlassen und er ihr im Grunde genommen geantwortet hatte, dass sie sich mehr wie seine Mutter benehmen sollte. Sie schnappte nach Luft, als ihr bewusst wurde, dass sie genau darauf zugesteuert war. Das Leben der Millicent Carnarvon. Salondame, Ja-Sagerin und allgemeiner Fußabtreter.

Eine Reihe anderer Szenen zogen an ihrem geistigen Auge vorbei.

„Vielleicht laufe ich nicht vor mir selbst davon, sondern vor Miss Perfekt."

„Wirklich? Und was wirst du dagegen tun?"

Der Mann mit der Baseballkappe kam mit einer Packung Bier aus dem Geschäft. Als er an ihr vorbeischlenderte, musterte er sie von oben bis unten.

„Ich werde Miss Perfekt vernichten."

Lissas Stimme verschärfte sich. „Langsam, Schätzchen. Lass uns nichts überstürzen."

„Nein. Ich werde genau das tun. Lissa, du bist ein Genie. Das ist die Antwort! Siehst du es nicht? Ted und seine Familie wollen, dass ich in das Familienunternehmen eintrete. Sie sind der Meinung, dass ich eine wirkliche Bereicherung sein werde, weil ich so makellos bin."

„Weil du es bist."

Sie schüttelte den Kopf und spürte, wie sich ein Gefühl der Macht tief aus ihrem Inneren heraus breitmachte. „Ich war es. Ted und seine Familie mögen mich, weil ich unantastbar bin. Aber der beste Weg, um ihnen zu zeigen, dass ich nicht die Ehefrau bin, die sie sich wünschen, ist, meinen Ruf zu zerstören."

„Kate, hör zu, du stehst in letzter Zeit unter großem Stress. Ich bin voll und ganz dafür, dass du eine Pause einlegst, aber mach keine Dummheiten. Nichts, was du später bereust."

Sie fühlte sich, als hätte sich irgendwo ein Fenster geöffnet und sie konnte endlich frei atmen. „Weißt du, was ich bereue? Ich bereue, wieviel Energie ich dafür verschwendet habe, es anderen Leuten recht zu machen."

„Wo wir gerade davon sprechen, hast du deiner geschätzten Chefin von deinen Plänen berichtet? Sie wird sich nämlich wundern, wenn du am Montag nicht auftauchst."

„Mein nächster Anruf", sagte Kate und unterdrückte ein Seufzen.

Allison Timberlake war eine wundervolle Frau. Ein wohltätiges und unermüdliches Arbeitstier. Sie hatte außerdem keinen Sinn für Humor und war äußerst politisch korrekt, so dass Kate ihre Sätze immer kurz und sachlich hielt, um einen von Allisons mühsamen Vorträgen zu vermeiden.

Obwohl sie genauso hart arbeitete wie alle anderen, wusste sie, dass Allison sie dafür verachtete, dass sie „in die feine Gesellschaft" einheiratete. Und dafür, dass sie Lippenstift trug.

Sie rief Allison auf ihrem Bürotelefon an und obwohl es Samstag war, nahm die Frau sofort ab.

„Hallo Allison, Kate hier."

„Oh, hallo, Kate. Ich gratuliere. Ich habe gerade die guten Neuigkeiten gehört. Unsere Förderungsmittel sind für ein weiteres Jahr gesichert. Jedem Vorstandsmitglied einen persönlichen Brief zu schreiben war eine ausgezeichnete Idee."

Kate atmete erleichtert auf, als ein wahrer Berg von Druck und Stress von ihren Schultern gehoben wurde. „Ich bin so froh, das zu hören. Das habe ich gehofft zu erreichen. Ich habe auch andere Förderungsvorschläge parat und einige Ideen für Wohltätigkeitsveranstaltungen. Aber ich wollte dich um einen Gefallen bitten."

„Ja? Worum handelt es sich?"

„Ich wollte dich fragen, ob ich meinen Urlaub jetzt nehmen kann anstatt in drei Wochen, wie es ursprünglich geplant war."

Allison schwieg einen Moment lang, und sie konnte den Stress wieder ihre Wirbelsäule hinaufklettern spüren.

„Hör zu, Kate, ich bin froh, dass du angerufen hast. Ich wollte nächste Woche sowieso mit dir sprechen. Du weißt besser als sonst jemand, wie knapp unser Budget ist. Ich glaube nicht, dass wir uns weiterhin eine Vollzeit-Spendensammlerin leisten können."

Was? „Aber du hast gerade meine Arbeit gelobt."

„Oh, bitte verstehe mich nicht falsch. Du leistest ausgezeichnete Arbeit. Bemerkenswerte Arbeit. Aber nach deiner Hochzeit wirst du das bescheidene Gehalt, das wir dir bezahlt haben, offensichtlich nicht mehr nötig haben. Ich hoffe sehr, dass du als Volontärin weiterhin für uns arbeiten wirst. Natürlich müsstest du nicht ins Büro kommen oder dich an bestimmte Arbeitszeiten halten, aber du könntest überaus hilfreich sein und bei den Arbeitskollegen deines Mannes und euren Freunden unsere Arbeit bewerben. Besonders bei den Ehefrauen."

„Allison? Feuerst du mich?"

„Nein. Natürlich nicht. Wir streichen deine Position."

Ziemlich dasselbe von ihrem Standpunkt aus gesehen.

KATE VERBRACHTE VIEL ZEIT DAMIT, an Stränden entlang zu spazieren. Sie hielt an, wenn sie Lust darauf hatte, trank Kaffee, sah sich in den Surfgeschäften und Andenkenläden für Touristen um. Und dann stieg sie wieder in ihr Auto und fuhr weiter in Richtung Süden. Mexiko schien zu kompliziert zu sein. Sie konnte kein Spanisch und sie wollte alles Komplizierte vermeiden. In San Diego waren viel zu viele Menschen. Sie fühlte sich so verwundbar, als wäre ihre Haut abgezogen worden. Sie konnte nicht mit Menschenmassen umgehen. Sie sehnte sich nach ruhigen Orten nahe dem Meer, wo sie am Strand spazieren und dem beruhigenden Klang der Wellen lauschen konnte. Wo sie nachdenken konnte. Heilen konnte.

Sie hatte innerhalb von vierundzwanzig Stunden ihre Verlobung gelöst und ihren Job verloren. Das gab ihr wohl das Recht, im Elend zu schwelgen.

Als sie später an diesem Nachmittag in Carlsbad ankam wusste sie, dass sie den richtigen Ort gefunden hatte.

Das Schöne an Carlsbad war, dass es nur eineinhalb Stunden von L.A. entfernt war. Sie würden in einer Million Jahren nicht annehmen, dass sie hier gelandet war, denn es war nicht weit genug entfernt. Aber sie kannte niemanden, der in dieser am Meer gelegenen kleinen Stadt wohnte oder hier jemanden besuchte, was sie zum geeigneten Versteck machte. Sie hoffte, dass sie bis zu dem Zeitpunkt, an dem die Detektive, die die Carnarvons zweifellos einstellen würden, entdeckt hatten, dass sie weder in London, noch in Sydney, Las Vegas, New York, Phoenix oder Miami war, einen besseren Plan für ihre Zukunft haben würde.

Seit sie ihren Anruf mit Lissa beendet hatte, wurde sie von diesem Gefühl von Stärke und Freiheit getragen, das sie in der heruntergekommenen Telefonzelle übermannt hatte. Sie würde nicht darüber nachdenken, dass sie ihren Job verloren hatte, nicht jetzt. Sie würde etwas anderes finden. Im Moment konnte sie Ferien machen, so lange ihr Geld ausreichte.

Ted und seine Familie waren so versessen darauf gewesen, eine tugendhafte Frau für ihn zu finden, dass sie sie getestet hatten. Die beste und andauerndste Art und Weise, die ihr einfiel, um ihnen verständlich zu machen, dass sie Ted nicht heiraten würde, nicht jetzt und nicht irgendwann, war, sich so untugendhaft wie möglich zu benehmen.

Kate, die jeden Tag ihrer achtundzwanzig Jahre als braves Mädchen verbracht hatte, würde sich in eine taffe Tussi verwandeln.

Carlsbad war vielleicht nicht das richtige Pflaster für böse Mädchen, aber sie war sicher, dass eine Frau, die entschlossen war, ihren Ruf zu ruinieren, dies überall tun könnte.

Außerdem hatte ihr die Atmosphäre gefallen, als sie hier angehalten hatte, um einen Kaffee zu trinken. Sie fand eine Wohnung in den Kleinanzeigen, die nur ein paar Minuten vom

Strand entfernt war. Sie war ein bisschen abgenutzt, aber komplett möbliert. Der Vermieter ließ sie die Ferienwohnung für einen Monat mieten. Sie bezahlte bar.

Er akzeptierte ihre Freundin Lissa als ihre einzige Referenz. Er sagte, sie hätte ein ehrliches Gesicht.

KAPITEL 6

ick konnte keine Ruhe finden. Als Privatdetektiv verbrachte er den Großteil seiner Zeit damit, widerliche Leute dabei zu beobachten, wie sie widerliche Dinge taten. Leute, die es verdienten, ihres üblen Verhaltens überführt zu werden, was auch immer es sein mochte; ihre Ehepartner betrügen, Geschäftsgeheimnisse verkaufen, in Krankenstand gehen, um Golf zu spielen oder jede andere der hunderten von betrügerischen Aktivitäten, denen sich Menschen widmen können.

Und dann wurde er beauftragt zu versuchen, eine nette Frau zu verführen. Er hatte seine Gedanken nicht von Kate abwenden können, seit er nach Seattle zurückgekehrt war.

Er hatte den Auftrag nicht annehmen wollen. Er hatte es nur getan, um einem alten Freund zu helfen. Und, in einer bitteren Fügung des Schicksals, hatte er sich in die Verlobte seines alten Kumpels verknallt. War ihr schnell und tief verfallen. Und die Ironie der Sache war, dass er, weil sie eine loyale, anständige Frau war, nicht den Funken einer Chance bei ihr hatte.

Er war froh, dass er viel zu tun hatte, weil ihn die Arbeit von den großen blauen Augen ablenkte, und den Lippen, die zum Küssen geschaffen waren, dem schlanken Körper und ...

Er hatte Kate seine Visitenkarte gegeben. Es war dumm und unüberlegt gewesen, aber er hatte es getan, und jedes Mal, wenn sein Handy läutete, hoffte er entgegen aller Vernunft, dass es sie sein könnte.

Aber zwei Tage waren vergangen und sie hatte nicht angerufen. Die Frau war kurz davor zu heiraten. Er musste akzeptieren, dass sie nicht anrufen würde. Was ihn dazu brachte, seine Anrufe auf überaus unhöfliche Weise anzunehmen.

„Mansfield", meldete Nick sich kurz angebunden, in der Hoffnung, dass die Person, mit der seine Sekretärin ihn verbunden hatte, erkennen würde, dass er nicht in der Laune war zu plaudern. Wenn sie ein Problem hatte, würde er es lösen, eine vermisste Person, er würde sie finden, mussten Beweise gesammelt werden, war er heiß auf der Spur. Musste eine Braut auf ihre Treue geprüft werden, dann war er der Richtige.

Die letzte Aussage ließ ihn noch finsterer dreinsehen. Und es wurde noch schlimmer, als der Anrufer sich als Ted Carnarvon herausstellte.

„Ted. Was kann ich für dich tun?"

Als er zuhörte, wie sein alter Zimmergenosse ihm berichtete, dass Kate nicht nur seinen Bericht gehört hatte, sondern Ted seinen fetten Diamantring ins Gesicht geworfen hatte, entspannte sich sein finsterer Ausdruck etwas.

Als Ted schließlich sagte: „Sie ist verschwunden und niemand kann sie finden", verwandelte sich der finstere Blick in ein breites Lächeln.

„Das ist wirklich zu schade, Ted", sagte er und konnte kaum seine Verachtung gegenüber einem Mann verbergen, der so wenig Vertrauen in die Frau hatte, die er heiraten wollte, dass er ihr eine Falle stellte, um von einem anderen Mann verführt zu werden.

Er hatte Kate sofort gemocht. Ein Blick auf sie und jeder Mann mit auch nur einer funktionierenden Gehirnzelle konnte erkennen, dass sie die Art von wahrhaftig treuer Frau war, die ihren Mann niemals betrügen würde. Wie konnte Ted nur ein derartiger Idiot sein?

Aber Ted war immer schon ein Idiot gewesen.

Als sie zusammen am College waren, hatte er Ted immer den Rücken gedeckt, wenn er seine jeweilige blaublütige Freundin betrog. Ted hatte immer den Typ von Frau als Freundin gehabt, der seiner Familie gefallen würde, und sich dann heimlich mit dem entgegengesetzten Typ Frau getroffen.

Als Nick Kate getroffen hatte, hatte er gedacht, dass Ted es endlich begriffen hatte. Er hatte eine Frau gefunden, die den Stammbaum und die Erziehung hatte, die seine Eltern sich wünschten, und die außerdem dieses gewisse Etwas an sich hatte, das so dezent war, dass man es übersehen könnte, wenn man nicht genau hinsah. Es war ein Hauch von schelmischer Ruchlosigkeit. Die Art, wie sie das sagte, was von ihr erwartet wurde, aber ein Funkeln in ihren Augen hatte, das Grund zur Annahme gab, dass sie genau das Gegenteil dachte. Die Art, wie sie vorsichtig höflich war, sich aber nicht zurückhalten konnte, sobald sie ihre wahren Gefühle heraussprudeln ließ. Er hatte es faszinierend gefunden.

Er hatte gedacht, dass Ted der glücklichste Mann auf Erden war. Nun fragte er sich, ob Ted die interessantesten Facetten an Kate überhaupt bemerkt hatte.

„Wir sagen die Hochzeit nicht ab", sagte Ted mit einem Hauch von Verzweiflung.

„Ich kann aber immer noch nicht zur Trauung kommen", sagte er. Er würde sich eher einen Zeh absägen, als diese wunderbare Frau dabei zu beobachten, wie sie sich mit einem Mann wie Ted zufriedengab.

„Nein. Du verstehst mich nicht. Ich kann sie nicht finden. Ihre eigene Mutter kann sie nicht finden. Niemand kann sie finden."

„Willst du damit sagen, dass du nicht mit ihr gesprochen hast?"

„Nicht seit Freitagnacht. Sie hat mir meinen Ring ins Gesicht geschmissen und ist dann abgehauen. Sie ist nicht in ihrer Wohnung. Ihr Telefon ist abgeschaltet. Sie ist verschwunden."

„Weißt du, Ted, wenn dir eine Frau den Verlobungsring ins Gesicht wirft und dir sagt, dass es vorbei ist, solltest du vielleicht den Caterer absagen und die Geschenke zurückschicken."

„Du verstehst mich nicht. Ich muss sie zurückbekommen. Ich kann ihr nicht erlauben, mich und meine Familie derart zum Narren zu halten."

Nick dachte, dass Ted sich ohne jegliche Hilfe zum Narren gemacht hatte, aber er wies ihn nicht darauf hin. Er sagte: „Okay, dann viel Glück."

„Ich will dich anheuern. Du musst sie finden."

„Ich bin völlig ausgebucht."

„Ich zahle, was immer du willst. Ihre Mutter glaubt, dass ihrer Tochter etwas zugestoßen ist. Sie gibt mir die Schuld. Und dir."

Er schaute aus dem Fenster auf einen weiteren grauen Seattle Tag. „Sie hat ihre Mutter nicht kontaktiert?"

„Nein, sie ist verschwunden." Er seufzte schwer. „Es war spät, als sie mein Haus verließ. Sie hatte kein Auto. Vielleicht ist ihr etwas zugestoßen."

„Warte. Du hast sie sich selbst überlassen? Nachdem sie einen derartigen Schock erlitten hatte? Und du wusstest, dass sie kein Transportmittel hatte? Du wohnst meilenweit von der Stadt entfernt." Wenn sie dieses Gespräch von Angesicht zu Angesicht geführt hätten, wäre Nick versucht gewesen, Ted zu erwürgen.

„Ich ... meine Wange hat geblutet, wo mich der Ring getroffen hat, ihre Mutter war hysterisch und ich ... es gab etwas, das ich erledigen musste."

Er kannte diesen Tonfall und sogar genau dieselben Worte. „Nick, mein Freund, ich muss später etwas erledigen. Sei so nett und decke mir den Rücken, wenn Stacy/Miranda/Claire/Deb der Woche anruft."

All die Jahre später. „Sag mir, dass du dich nicht immer noch mit ihr triffst."

Schweigen. Dann sagte Ted: „Finde Kate für mich. Bitte."

„Hat irgendjemand von ihr gehört?"

„Nein! Ich habe dir gesagt, dass sie meine Anrufe nicht annimmt. Ihre Mutter ist zu dem Nagelstudio gegangen, in dem sie eine Maniküre gebucht hatte, und das Mädchen vom Studio hat sie später zurückgerufen und ihr gesagt, dass es Kate gutgeht. Sie hat mit ihr gesprochen und ihr gesagt, dass sie nach Phoenix gefahren ist."

„Phoenix? Niemand fährt nach Phoenix! Hat sie dort Freunde oder Verwandte?"

„Ihre Mutter sagt nein."

„Okay, ich werde mich erkundigen."

„Außerdem hat mein Reisebüro angerufen und sich darüber gewundert, dass Kate einen Flug nach Sydney buchen wollte."

„Australien?"

„Ja."

Ein Grinsen machte sich auf seinem Gesicht breit. Er hatte das Gefühl, dass Kate zu viele Filme über Leute gesehen hatte, die verschwinden und nicht gefunden werden wollen. Und wenn sie Spielchen mit Ted & Co spielen wollte, wer konnte es ihr verübeln? Er vermutete also nicht, dass sie sich in großer Gefahr befand.

Nachdem er den Anruf beendet hatte, sah Nick sich seine Notizen an. Er hatte intensive Nachforschungen über Kate angestellt, bevor er sie getroffen hatte, um den besten Weg zu finden ihr sofort zu gefallen. Er wollte über ihre politischen Neigungen Bescheid wissen, ihre Lieblingssportarten und -filme und über alles andere, was ihn ihr gegenüber interessant erscheinen lassen würde.

Er hatte für Teds Familie ihr Strafregister und ihre Bonität überprüft. Teds Familie hatte das Platinpaket gebucht und waren bereit gewesen, den Platinpreis zu bezahlen. Er war ihnen nur zu gerne entgegengekommen.

Aber jetzt lagen die Dinge anders. Sie war keine Rechnungsnummer. Sie war eine wortgewandte, intelligente Frau, die ihm einen Einblick auf die faszinierenden Feuer gegeben hatte, die unter einer Fassade von kühler Zurückhaltung brannten. Sie war eine Frau, die verdammt noch mal Besseres verdiente als Ted Carnarvon. Die Wahrscheinlichkeit, dass sie Opfer eines Verbrechens geworden war, war eher gering. Er wusste allerdings von seinen Nachforschungen, dass sie ein besonders behütetes Leben geführt hatte. Sie war wütend, zornig, wahrscheinlich am Boden zerstört. Sie war verwundbar. Ted, als wahrer Edelmann, hatte sie allein in die Nacht ziehen lassen. Seine liebevollen Eltern, sogar ihre eigene Mutter, hatten sich nicht die Mühe gemacht, ihr nachzugehen und sich zu vergewissern, dass sie in Sicherheit war.

Und nun wurde sie vermisst.

Er schüttelte den Kopf über sich selbst. Sie war kein hilfloses kleines Kind. Sie war eine erwachsene Frau mit Freunden, einem Handy, Kreditkarten. Sie hatte sich ein Taxi gerufen oder eine Freundin angerufen, um sie nach Hause zu fahren.

Er starrte aus dem Fenster.

Keiner ihrer Verwandten oder Bekannten, nicht einmal ihre Mutter, hatte tatsächlich mit ihr gesprochen.

Seit drei Tagen.

Um ehrlich zu sein, war er im Moment nicht wirklich sehr beschäftigt.

Und Kate war nicht mehr verlobt.

Er vervollständigte einen Bericht über einen sehr reichen Kerl, den er in flagranti mit seiner Geliebten erwischt hatte. Der einzig interessante Aspekt an diesem Fall war, dass er ziemlich sicher war, dass es die Geliebte gewesen war, die den Beweis, den die Ehefrau fand, hinterlassen hatte. Er vermutete, dass sie darauf hoffte, die bald zur Verfügung stehende Rolle der Ehefrau selbst zu übernehmen.

Zu dem Zeitpunkt, als er den Bericht unterschrieb, hatte er seine Entscheidung getroffen.

Er rief seine Angestellten zu einer Besprechung zusammen. Sie waren kein großes Unternehmen, aber er hatte eine Assistentin und zwei weitere Privatdetektive, die seine Arbeit übernehmen konnten, wenn er ein paar Wochen lang nicht im Büro war. Er erklärte ihnen, dass ein wichtiger Klient ihn gebeten hatte, seine vermisste Freundin zu finden.

Die vier setzten sich nieder, besprachen die anstehenden Fälle und verteilten die Aufgaben so, dass er frei war und aufbrechen konnte. Er würde für Nachfragen zur Verfügung stehen, aber bis auf Weiteres keine Fälle übernehmen.

Seine Gedanken flogen zurück zu jener Nacht, nach dem Abendessen, als er ihr aus dem Restaurant gefolgt war. Als er sie beinahe geküsst hatte. Oder sie ihn beinahe geküsst hatte.

Damals war sie nicht Single gewesen. Jetzt war sie es.

Und alles, was er tun musste, war sie zu finden.

KATE SASS IM SAND und starrte auf das Meer hinaus. Sie hatte das seit ihrer Ankunft hier oft getan und fand, es war eine gute Therapie, ohne dass sie einem Fremden ihre Geheimnisse anvertrauen musste, was sie unter keinen Umständen machen würde. Nur, dass sie ihre Geheimnisse einem völlig Fremden beim Abendessen am Freitag anvertraut hatte, und dieser Mann hat sich als Privatdetektiv herausgestellt, der von ihrem Verlobten und seiner Familie angeheuert worden war. Wie hatte sie eine derart falsche Entscheidung treffen können?

Nick, wenn das überhaupt sein Name war, hatte sie dazu gebracht, ihm von all den Dingen zu erzählen, die sie belasteten, und man sehe sich an, wohin das geführt hatte.

Die Sonne war tiefer gesunken. Sie war nicht die Einzige, die am Strand auf den Sonnenuntergang wartete. Eine Gruppe von Pelikanen schwebte vorbei, schien über das Wasser zu gleiten. Ein halbes Dutzend Surfer war draußen im Meer, um die abendlichen Wellen zu reiten, und Gruppen von Menschen gingen den

Strand entlang oder standen am Pfad darüber. Einige gingen mit ihren Hunden spazieren, einige joggten, einige fuhren mit ihren Fahrrädern, aber sie hatte das Gefühl, dass alle den Sonnenuntergang beobachteten. Sie liebte das Geräusch der Wellen, wie sie an die Küste schlugen, und war glücklich darüber, dass sie nirgendwo sein musste und nichts zu tun hatte.

Natürlich würden die Strandspaziergänge und Sternenbeobachtungen nicht dabei helfen, ihren guten Ruf zu zerstören.

Sie würde sich morgen ernsthaft damit beschäftigen.

Es war komisch, sie hatte gedacht, dass sie niemals wieder mit einem anderen Mann schlafen würde. Dass Ted für immer ihr Liebhaber sein würde.

Sex mit Ted war immer angenehm gewesen. Obwohl, da sie immer allen alles recht machen wollte, war sie immer überaus darauf bedacht gewesen, ihn völlig zufriedenzustellen. Er hatte sich nicht immer gleichermaßen um ihr Vergnügen gekümmert. Sie hatte zwar nie einen Orgasmus vorgetäuscht, hatte ihn aber oft glauben lassen, dass es ihr besser gefiel als es wirklich tat.

Jetzt war sie gierig. Sie wollte alles haben. All das Mark, das sie höflicherweise für andere im Knochen gelassen hatte, sie würde es heraussaugen.

Sie war hier um zu surfen, Spaß zu haben und sich in so viele Schwierigkeiten zu bringen, wie es in einem Monat möglich war.

Und sie war hier um herauszufinden, was sie aus ihrem Leben machen wollte.

Kate verbrachte ein paar Stunden damit, ihre neue Wohnung auszustatten. Sie musste Lebensmittel einkaufen, alles von Kaffee bis hin zu Mahlzeiten für eine Person. Sie fand einen Trader Joe Supermarkt in der Nähe und kaufte einen Vorrat an Fertiggerichten ein. Sie kaufte außerdem ein paar Flaschen Wein, trug ihre Einkäufe nach Hause und verstaute sie. Sie putzte die etwas heruntergekommene Wohnung.

Sie wärmte eines der Fertigmenüs auf, stocherte darin herum und nippte an einem Glas Wein.

Sie ging früh zu Bett.

Sie konnte in ihrer Wohnung das Ticken der Wanduhr und den Lärm des Verkehrs auf dem Carlsbad Boulevard hören und später am Abend, als sich der Verkehr beruhigte, hörte sie den Herzschlag des Meeres, der sie rief. Der ihr sagte, dass alles gut werden würde.

Am zweiten Tag erwachte sie bei strahlendem Sonnenschein. Sie machte Kaffee, aß etwas Müsli, setzte sich ihre große Sonnenbrille auf, packte eine Baseballkappe ein und ging zum Strand. Da es Nachsaison war, waren nur wenige Leute am Strand. Eine Reihe von Surfern trieb im Wasser wie dicke Seehunde und warteten auf Wellen. Sie vergrub ihre Zehen im Sand und beobachtete sie. Eine neugierige Möwe watschelte auf sie zu, legte ihren Kopf zur Seite und schien sie zu beobachten. Als es klar war, dass es kein Picknick geben würde, gab die Möwe angewidert auf.

Am dritten Tag wurde Kate klar, dass ihr Grübeln nicht gut bekam. Sie machte einen Spaziergang durch die Stadt. Sie schlenderte müßig durch Kleidergeschäfte und Souvenirläden. Sie ging an einem Friseur vorbei, in dessen Fenster ein Poster hing, der darum warb, Haare an Krebspatienten zu spenden.

Eine Erinnerung huschte hinter ihren Augen vorbei. Ted mit seinen Händen in ihrem Haar. „Du darfst es nie schneiden lassen", hatte er gesagt.

Sie ging in den Friseursalon. Eine Stunde später kam sie mit einem kinnlangen Pagenschnitt wieder heraus und erfreute sich an dem Gedanken, dass jemand, der an Krebs litt, ihre Haare bekommen würde. Ihr ganzer Körper fühlte sich leichter ohne das Gewicht all ihrer Haare. Und, sie hatte einen Pony. Sie hatte seit ihrer Kindheit keinen Pony mehr gehabt. Vielleicht, wenn sie herausfinden könnte, wann sie den falschen Weg eingeschlagen hatte, könnte sie sich selbst einholen und ihr Leben wieder auf den richtigen Weg bringen.

Die Wellen wurden stärker. Ein Verlangen, dessen sie sich

kaum bewusst gewesen war, wurde stark genug, um sie in einen Surf-Shop zu lenken. „Ich möchte ein Surfbrett und einen Neoprenanzug ausleihen", sagte sie zu dem müde aussehenden Mann hinter der Kasse.

Er warf einen Blick aus den großen Fenstern, um auf das Meer zu schauen. „Willst du eine Stunde nehmen?"

„Nein."

„Die Brandung wird stärker. Du weißt, was du zu tun hast?"

„Ja."

Er schob ihr ein Formular zu. „Miete ist $75 pro Tag. Der Anzug kostet $75 extra."

Sie nahm Bargeld aus ihrer Tasche.

„Einen Ausweis bitte."

Sie gab ihm ihren Führerschein und nahm dann den Neoprenanzug, den er ihr reichte, ging zu der kleinen Umkleidekabine im hinteren Teil des Geschäfts, und zwängte sich hinein. Die gewohnte Enge, die Art, wie der Anzug sich ihr widersetzte, all das war ihr so vertraut. Als sie den Reißverschluss am Rücken hochzog, fühlte sie eine Leichtigkeit, die sie seit Tagen nicht gefühlt hatte.

Sie hatte seit mehreren Jahren nicht mehr gesurft, aber sie hatte nicht vergessen, wie es funktionierte.

Sie nahm das Surfbrett, klemmte es unter ihren Arm und ging zum Strand. Die Brise zerzauste ihr nun kurzes Haar, die Wellen riefen nach ihr, *komm und reite auf mir, lass uns sehen, ob ich dich nicht abwerfe.* Pelikane glitten über die Wellen. Sie machte das Surfbrett an ihrem Knöchel fest und ging ins Meer. Ihre nackten Füße tauchten ins Wasser und sie bemerkte ein Gefühl von Kälte, dann schritt sie in die Brandung und das Brett hüpfte neben ihr wie ein ausgelassenes Hundebaby.

Sie stieß sich ab, legte sich auf das Brett und fing an zu paddeln. Als die erste Welle über ihrem Kopf brach, lachte sie laut auf. Bald hatte sie die Brandung hinter sich gelassen und war nun in relativ ruhigem Wasser und wartete. Surfen war eine

Kombination aus Balance und gutem Timing. Sie beobachtete die Wellen, wartete auf ihre Chance und dann übernahm ihr Instinkt. Sie sprang in eine Hocke, konnte die Welle unter sich hören und stand auf. Sie dachte oft, dass es sich anfühlte, als würde man ein wildes Pferd reiten, ohne Sattel, und dann mit bloßen Füßen aufstehen. Das erste wilde Pferd warf sie ab. Sie schüttelte den Kopf und kletterte zurück auf das Surfbrett, dann paddelte sie wieder hinaus.

Wer hatte Zeit, sich wegen einer aufgelösten Verlobung, eines treulosen Verlobten, einer nicht vertrauenswürdigen Mutter und eines verlorenen Jobs den Kopf zu zerbrechen, wenn all ihre Aufmerksamkeit und all ihr Fokus auf das Surfbrett, die Welle, diesen einen Moment gerichtet werden musste.

Eine weitere Welle kam bedrohlich auf sie zu, forderte sie heraus, auf ihr zu reiten.

Sie nahm die Herausforderung an.

Sprang auf ihre Füße. Die Welle versuchte, sie herunter zu schwappen, aber sie tänzelte wieder vor und zurück, wie ein Fechter, als sie den Instinkt die Welle zu reiten, all die Jahre des Surfens, von ihren Füßen hinauf in jeden Muskel ihres Körpers strömen spürte, während sie balancierte, tanzte und ritt.

Sie flog.

Stundenlang surfte sie Welle um Welle, bis ihre Arme so müde waren, dass sie sich wie zu weich gekochte Nudeln anfühlten, und all ihre Muskeln unter der ungewohnten Belastung und Strapaze des Sportes litten.

Ihr kurzes Haar klebte an ihrem Kopf, als sie aus den Wellen hervorkam und das nun viel schwerere Surfbrett zurück in den Laden schleppte. Sie lehnte das Brett an den Ständer draußen und ging hinein. Derselbe Mann war hinter der Kassa, und sie fragte ihn nach der Tasche mit ihrer Kleidung, die er für sie hinter dem Tresen aufbewahrt hatte.

Er reichte ihr die Tasche und sagte: „Komm zurück, wenn du umgezogen bist, um mit mir zu reden."

Sie konnte sich nicht vorstellen, was er glaubte, dass sie getan hatte. Aber sie folgte und zog den Neoprenanzug von ihrem Körper, zog schnell ihre Jeans, T-Shirt und Flip-Flops an und ging zurück zur Kasse, während sie immer noch gegen das Salz in ihren Augen blinzelte.

„Ich habe dich auf den Wellen beobachtet", sagte der Kerl. „Du bist gut."

Okay, also wollte er nicht behaupten, dass sie sein Brett oder seinen Neoprenanzug irgendwie beschädigt hätte. Das war eine Erleichterung. „Danke."

„Hast je Surfunterricht gegeben?"

„Meiner jungen Cousine. Vor Jahren. Warum?"

„Ich suche eine Lehrerin. Es ist ein Gelegenheitsjob. Ich rufe dich an, wenn jemand nach einer Frau fragt."

„Wer fragt beim Surfen nach einer Frau?", fragte sie sich laut.

„Meistens Mädchen, die sich nicht vor einem heißen Jungen zum Idioten machen wollen, manchmal Burschen, die sich vor einem heißen Mädchen zum Idioten machen wollen." Er zuckte mit den Schultern. „Ich hatte eine Lehrerin, aber ihr Freund war in Camp Pendleton stationiert. Wurde nach Fort Bragg versetzt und sie ist mit ihm gegangen."

„Ich suche nicht wirklich einen Job."

„Wie du willst. Ich zahle fünfzig pro Stunde."

Sie dachte schnell nach. Es wäre wahrscheinlich gut, wenn sie ihre Kreditkarte oder ihr Bankkonto nicht so oft verwenden müsste. „In bar?"

„Klar."

„Und ich kann das Brett und den Anzug verwenden, wann immer ich will?"

Er knirschte mit den Zähnen. „Du hast noch nicht einmal eine Stunde unterrichtet."

„Na ja, wenn ich surfe und mich mit Leuten unterhalte, dann kann ich verbreiten, dass ich Stunden gebe und zur Verfügung stehe."

Er sah auf all die Surfbretter, die im Laden waren. Sie wussten beide, dass es Nachsaison war und ihm die Bretter nicht ausgehen würden. Er kratzte sich am Kinn. „Ich mach dir einen Vorschlag. Ich gebe dir für eine Woche eine Ausrüstung und wir sehen, wie es läuft."

Sie grinste. „Perfekt."

Natürlich brauchte eine Frau, die auf Abruf Surfunterricht geben sollte, irgendeine Art von Gerät, auf dem sie Anrufe empfangen konnte. Also ging sie, wenn auch zögerlich, zum örtlichen Walmart und kaufte das billigste Handy, das sie finden konnte. Es kostete weniger als zwanzig Dollar. Für weitere zwanzig bekam sie zweihundert Minuten, viel mehr, als sie benötigen würde, da es im Moment niemanden gab, mit dem sie reden wollte.

Das Handy gefiel ihr. Es war einfach und nicht vernetzt. Sie war an keinen Plan gebunden, bei keinem Anbieter registriert. Es war unmöglich, dass Ted sie finden konnte.

Vorausgesetzt, dass er noch nach ihr suchte.

Sie schlich sich auf seine Facebook-Seite und fand keinerlei Anzeichen, dass die Hochzeit abgesagt worden war. Sie durchsuchte schnell alle großen Zeitungen, in denen ihre Hochzeitsannonce veröffentlicht worden war, und fand auch dort nichts. Glaubten wirklich alle, dass sie immer noch zur Hochzeit kommen würde? Wirklich?

KAPITEL 7

*N*icks Arbeit hatte ihn gelehrt, dass Menschen generell verlogen waren. Sie wollten das System hintergehen, ihre Ehepartner, die Steuerbehörde und ganz eindeutig Versicherungsgesellschaften. Er war daran gewöhnt, immer das Schlimmste zu vermuten, wenn es um menschliches Verhalten ging. Aber Kate war anders. Sie hatte ihn daran erinnert, dass es immer noch ehrenhafte Menschen gab.

Und er hatte sie verletzt. Er war letztendlich der Verlogene gewesen und der Gedanke daran wurmte ihn. Er hatte sein Gewissen mit dem Wissen beruhigt, dass sie nie herausfinden würde, dass er angeheuert worden war, um sie zu verführen, aber sie hatte es herausgefunden.

Und jetzt war sie verschwunden.

Er ging in seinem kleinen Büro auf und ab und blieb stehen, um auf den grauen Nieselregen zu blicken, der die Straße unter ihm benetzte. Einige Frauen gingen vorbei, manche trugen Regenschirme, andere liefen geduckt, um dem Regen zu entkommen. Er erhaschte einen Blick auf einen blonden Kopf und dachte eine Sekunde lang, dass es Kate war. Dann wurde ihm bewusst, dass ihre Größe und ihr Körperbau ganz anders waren.

Er starrte noch eine Minute grüblerisch aus dem Fenster, dann drückte er den Knopf der Sprechanlage auf seinem Telefon und bat seine Assistentin Susan, ihm die Kate Winton-Jones Akte zu bringen.

Kurz darauf brachte Susan die Akte.

„Danke."

Er verbrachte die nächsten paar Stunden damit, das gesamte Dossier zu lesen, das er über die zukünftige Frau Carnarvon zusammengestellt hatte. Er hatte zuerst ihre Mutter befragt, dann mit ihren ehemaligen Arbeitgebern gesprochen, indem er sich als Angestellter einer Personalvermittlungsagentur ausgeben hatte. Er war an einige ihrer ehemaligen Schulkameraden herangekommen, indem er sich als Journalist ausgab, der über die Hochzeit berichtete. Er hatte in seinen Jahren als Detektiv herausgefunden, dass die meisten Leute gerne über andere Leute sprachen. Es gab einen beinahe universellen Drang zu tratschen. Er hatte etwas Eifersucht erwartet und damit recht behalten, aber die meisten Leute hatten nette Erinnerungen an Kate und wünschten ihr viel Glück.

Er blätterte das Dossier noch einmal durch. Sah sich Fotos an. Ein Teil seiner Arbeit als Privatdetektiv war Psychologie. Was trieb eine Person an? Was zeichnet sie aus? Und wenn in Not geriet, wo würden sie sich verstecken?

Er stellte einige Recherchen an und hatte bis zum Abend ihr Handy gefunden. In Miami. Aber Kate war nicht dort. „Kluges Mädchen", sagte er zu sich selbst, als er den einfachsten Weg sie zu verfolgen abhakte. Sie hatte ein Flugticket nach Sydney gebucht, aber er fand heraus, dass sie außerdem ein Zugticket nach New York gekauft hatte. Sie könnte an einem der beiden Orte sein, aber sein Instinkt sagte ihm, dass sie an keinem war.

„Wo bist du?", fragte er laut und starrte auf ein Foto von Kate von bevor sie Ted kennengelernt hatte. Sie lachte mit einer Gruppe von Freunden, während sie am Strand saßen. Er ging noch einmal alle Fotos durch. Er entdeckte etwas Interessantes.

Es schien zwei Kates zu geben. Es gab die junge, lachende Frau vor Ted und dann gab es die Frau nach Ted, eine zurückhaltende, vorsichtigere Version.

Was ist passiert, dass du dich in jemand anderen verwandelt hast und die neue Identität wie eine Seifenblase zerplatzt ist?

Seiner Meinung nach würde eine Person dorthin zurückkehren, wo sie gewesen war, bevor alles den Bach hinuntergegangen war.

Wenn er einmal raten durfte, dann würde er annehmen, dass sie ans Meer gefahren war. Nicht wirklich eine geniale Annahme, da die Frau an der Küste Kaliforniens aufgewachsen war, aber es war ein guter Anfang.

Er verließ sein Büro mit dem Dossier unter seinem Arm. „Okay", verkündete er. Ich werde eine Woche unterwegs sein. Vielleicht zwei. Ich muss eine vermisste Braut finden."

„Hast du eine Ahnung, wo du anfangen sollst?"

„Nein."

Dwight Elgar, sein jüngster Ermittler, sagte: „Folge dem Geld."

Susan sah ihn an. „Die Franzosen würden sagen ‚cherchez la femme', folge der Frau."

Er schüttelte den Kopf. „Ihr liegt beide falsch. Ich werde dem Auto folgen."

„Er hat keinen Sinn für Romantik", beschwerte sich Dwight.

Da sie ihr Handy verschickt hatte, nahm er an, dass ihr Auto die nächstbeste Fährte war. Und wenn sie nicht mit dem Auto unterwegs war, dann würde er die Flug- und Zugtickets ernster nehmen. Er fand Kates Auto vor einem Apartment in Long Beach. Es war vor dem Gebäude geparkt und ein Blick in das teure Cabrio sagte ihm, dass er Kate hier nicht finden würde. Er musste sich nicht auf seine umfangreiche Ausbildung und Erfahrung als Detektiv verlassen, um zu wissen, dass die Frau, über die er Nachforschungen angestellt hatte, ihr Auto nicht in einem derartigen Zustand hinterlassen würde. Zerknüllte Fast Food-

Verpackungen, mehrere Wegwerf-Kaffeebecher und, was noch verräterischer war, ein Paar roter Stöckelschuhe, die viel zu groß für Kate gewesen wären, ließen ihn annehmen, dass Teds zukünftige Braut ihr Auto mit dem einer Freundin getauscht hatte.

„Gut gemacht", murmelte er, als er bei seinen Recherchen nach Freundinnen in dieser Nachbarschaft suchte. Keine ihrer Freundinnen wohnten hier. Er schloss seine Augen und dachte nach. Dann suchte er nach Arbeitskollegen. Bingo. Und er ging den Pfad entlang und klopfte an eine Tür.

Eine genervt aussehende Frau spanischer Herkunft in ungefähr dem gleichen Alter wie Kate öffnete die Tür und sprach bereits, bevor sie ganz offen war. „Ich bin dabei, meine Kündigung zu schreiben. Wirklich, die Sanitäranlagen ..." Dann betrachtete sie ihn näher und sagte: „Oh."

„Lissa?", fragte er.

Ein skeptischer Ausdruck erschien auf ihrem Gesicht. „Wer will das wissen?"

„Ich suche nach Kate."

„Warum?"

Es gab ein Dutzend geschmeidiger Lügen, die er der Frau auf der Türschwelle erzählen könnte, aber sein Instinkt sagte ihm, dass sie sofort alle durchschauen würde. Er fand keinen großen Gefallen daran, ihr die Wahrheit sagen zu müssen. Sie hatte diese gütigen Augen, die schon alles gesehen hatten, und er konnte sich vorstellen, dass ihre Ansichten über die menschliche Natur noch schlimmer waren als seine. Aber er wusste, dass die Wahrheit seine einzige Chance war, ihre Hilfe zu bekommen.

„Ich nehme an, dass Kate Ihnen, nachdem sie ihr Auto mit Ihrem getauscht hat, auch ihre Geschichte erzählt hat."

Sie stimmte weder zu, noch leugnete sie es und sah ihn einfach weiter an. Aber sie knallte ihm auch nicht die Tür vorm Gesicht zu.

„Ich heiße Nick."

„Das dachte ich mir. Sie sind ein ganz netter Kerl, nicht wahr?"

„Ich habe nur meine Arbeit getan."

„Ihre Arbeit stinkt."

Dem hatte er nichts entgegenzusetzen.

„Der Bastard hat also ihr Herz gebrochen. Was jetzt? Die bezahlen Sie, um sie zu finden und zurück zu schleppen?"

„Niemand bezahlt mich."

Sie sah nicht aus, als würde sie ihm glauben.

„Bitte hören Sie mir zu. Es ist offensichtlich, dass Kate Ihnen wichtig ist und dass sie Ihnen vertraut. Deshalb ist sie zu Ihnen gekommen, als sie Hilfe brauchte. Aber niemand weiß, wo sie ist und niemand hat von ihr gehört. Ich war teilweise daran schuld, dass sie verschwunden ist und ich muss mich versichern, dass es ihr gutgeht."

„Damit sie dieses Arschloch heiraten kann?"

„Nein. Glauben Sie mir, ich halte ihn auch für ein Arschloch und Kate sollte ihn auf keinen Fall heiraten. Er verdient sie nicht."

„Sie hören sich ziemlich heiß an, wenn sie das sagen. Es hört sich an, als hätten sie selbst Interesse."

Verdammt, diese Frau hatte einen scharfen Sinn und eine scharfe Zunge. „Ich ... ich wollte die Dinge nur in Ordnung bringen."

„Das glaube ich Ihnen sogar. Aber ich weiß nicht, wo sie ist. Wirklich nicht."

„Okay, was können Sie mir über Ihr Auto sagen?"

Sie zögerte einen Moment und er konnte spüren, dass sie nicht wusste, ob sie die Tür zuschlagen oder ihm vertrauen sollte.

„Sehen Sie, sie ist verletzt und sie ist verwundbar und Sie und ich wissen sehr gut, dass sie bis jetzt ein sehr behütetes Leben geführt hat. Wie würden Sie sich fühlen, sollte ihr irgendetwas Schlimmes zustoßen?"

„Sie ist klug. Es geht ihr bestimmt gut."

„Hat sie Ihnen erzählt, dass sie ihren Job verloren hat?" Er hatte es herausgefunden, als er sich als Wohltäter ausgegeben und bei der Stiftung angerufen hatte, bei der sie angestellt gewesen war. Er hatte ein äußerst erleuchtendes Gespräch mit Kates ehemaliger Chefin geführt.

„Was? Wie können sie sie entlassen? Sie ist die beste Spendensammlerin, die wir je gehabt haben."

„Sie haben ihre Position gestrichen. Anscheinend nehmen sie an, dass sie umsonst als Freiwillige weiterarbeiten wird, jetzt, wo sie einen reichen Mann heiratet."

„Oh, die Arme. Ich habe nichts davon gewusst."

Schließlich sagte sie: „Wenn Sie sie finden und ihr auf irgendeine Art und Weise wehtun, dann werde ich Sie persönlich suchen und Ihnen in den Hintern treten. Verstanden?"

„Verstanden."

Also erzählte sie ihm von ihrem uralten VW Rabbit.

„Irgendeine Vorstellung, wohin sie gefahren sein könnte?"

„Nein, aber ich kann Ihnen sagen, dass das Auto nicht wirklich verlässlich ist. Ich habe Kate gesagt, dass nur ein Idiot damit weiter fahren würde als hundert Kilometer."

Er stieg wieder in sein eigenes Auto und dachte nach. Hundert Kilometer in jede Richtung war ein ziemlich großes Gebiet. Hundert Kilometer entlang der Küste, andererseits, war eine relativ einfache Übung.

Er fuhr in Richtung Küste und fragte sich, als er das Fenster seines Mietautos öffnete und seine Jacke auszog, warum nicht jeder in Kalifornien lebte.

Er brauchte zwei Tage, um sie zu finden.

Es war nicht das Auto, das er entdeckte.

Es war Kate.

KAPITEL 8

ick hielt in jeder Stadt entlang der Küste an – und in einigen, die ein Stück weiter landeinwärts lagen – und zeigte ihr Foto herum, fragte, ob irgendjemand sie gesehen hatte. Ein Kerl in San Clemente dachte, dass er sie am Pier gesehen hatte, war sich aber nicht ganz sicher.

Er bezweifelte, dass sie über die Grenze nach Mexiko gefahren war, aber das ließ immer noch ein ganz schönes Stück Küstenlandschaft, das er durchsuchen musste.

Als er in Carlsbad ankam, war es Mittagszeit. Er holte sich ein paar Fisch-Tacos und Eistee und nahm sein Essen mit an den Strand. Er hatte vor, eine kurze Pause zu machen, bevor er das Foto in der Stadt herumzeigte.

Er machte es sich bequem und beobachtete entspannt die Surfer. Er sah sie sofort. Er hätte nicht sagen können, warum. Die Rundungen ihres Körpers, die Art, wie sie ihren Kopf neigte oder ihre Arme bewegte. Er hatte keine Ahnung, aber sein Magen schnürte sich zusammen und er wusste, dass die Frau in seinem Blickfeld Kate war.

Er holte sein Fernglas aus seinem Rucksack und es bestätigte sich, dass die Frau, die mit derselben Selbstsicherheit über die

Wellen glitt wie Pelikane sich von Luftströmen treiben ließen, in der Tat Kate war.

Und verdammt, sie war gut. Sie ging in die Knie und drehte sich hierhin und dorthin, hielt den Wellen stand, wenn er sicher war, sie würde stürzen. Er konnte sehen, wie sie ihre Füße auf dem Surfbrett auf und ab bewegte wie eine Turnerin auf dem Schwebebalken.

Er beobachtete sie, bis sich die Wellen legten und sie aus dem Wasser kam.

Er war weit genug entfernt, so dass sie ihn nicht erkennen konnte, und sie ging tatsächlich direkt über den Strand zu der Treppe, die zur Straße hinaufführte, ohne auch nur in seine Richtung zu schauen. Er ließ einige Minuten verstreichen und folgte ihr dann.

Sie schleppte das Brett in einen Surfladen. Blieb zehn Minuten drinnen und kam dann wieder heraus, gekleidet in Jeans, die tief auf ihren Hüften saßen, und ein enges T-Shirt. Sie hatte Flip-Flops an den Füßen. Ihr Haar war kurz.

Er duckte sich, um einen Hund zu streicheln. Sie entfernte sich zu Fuß von dem Laden und er folgte ihr. Er wusste, dass sie ihn sehen würde, wenn sie sich umdrehte. Sie drehte sich nicht um. Sie betrat ein älteres Gebäude kaum einen Block vom Strand entfernt.

Sobald er wusste, wo sie wohnte, joggte er zurück zu seinem Auto, fuhr zu einer Ferienwohnungsvermietung, an der er zuvor vorbeigefahren war, und buchte ein Apartment für eine Woche. Er wählte die Wohnung, die sowohl den besten Ausblick auf den Surfer-Strand hatte, als auch einen teilweisen Blick auf ihre Straße gewährte.

Er hatte sie gefunden. Sie war in Sicherheit. Mehr als das, sie schien fit und glücklich zu sein.

Er hatte also bestätigt, dass es ihr gutging. Er konnte zurückfahren.

Aber er wusste, dass er das nicht tun würde.

Nicht, bevor er sie gesehen hatte. Ein noblerer Mann würde sie in Frieden lassen. Sie hatte ziemlich deutlich bewiesen, dass sie allein sein wollte.

Während er seinen Koffer auspackte akzeptierte er die Tatsache, dass er kein nobler Mann war.

WIE SICH HERAUSSTELLTE, machte Surfunterreicht zu geben nicht nur Spaß, sondern beschäftigte sie auch zu sehr, um zu viel nachdenken zu können. Manchmal war sie so müde vom Surfen und Unterrichten, dass sie ein paar Stunden lang schlief.

Natürlich wusste Kate, dass sie sich nicht für immer verstecken konnte, aber ein paar Wochen lang würde niemand etwas von ihr erwarten. Irgendwann würde sie einen Job finden müssen, würde ihren Freunden sagen müssen, dass nicht heiraten würde. Sie würde all das tun müssen, was eine Braut tun musste, wenn die Hochzeit abgesagt wurde. Aber nicht heute. Sie könnte am Strand spazieren, die Sonne auf ihrer Haut spüren, sie könnte surfen und sie könnte weinen und sie könnte traurig sein.

Sie war nicht ausgebucht mit Surfstunden, aber hatte meistens ein oder zwei pro Tag. Genug, dass Mike, der Eigentümer des Surfladens, ihr ein Brett und einen Neoprenanzug zur Verfügung gestellt hatte. Genug, dass sie nicht ihre Ersparnisse verbrauchen musste oder zu viel Zeit zum Nachdenken hatte.

Sie hatte eine zwanglose, scherzhafte Beziehung mit einigen der anderen Surfer aufgebaut und ein Kerl namens Manuel hatte sie eingeladen, sich später auf einen Drink mit ihm und einer Gruppe von Freunden zu treffen. Sie wusste, dass die Einladung bedeutete, dass sie von der Gruppe akzeptiert wurde. Sie dachte außerdem, dass eine Bar und eine Menge heißer Surfer-Typen einer Frau, die ihren perfekten Ruf zerstören wollte, ausgezeichnete Möglichkeiten bieten würden. Sie fragte sich, ob sie hingehen würde, und wenn ja, was sie anziehen würde, als sie nach mehreren Stunden auf dem Brett den Strand hinaufging.

Sie blieb wie vom Blitz getroffen stehen.

Vor ihr stand ein Mann, den sie niemals vergessen würde. Ein Mann, von dem sie nie gedacht hätte, dass sie ihn je wiedersehen würde.

Der Mann aus dem Restaurant in jener schicksalshaften Nacht versperrte ihr den Weg. Er hatte einen leichten Sonnenbrand, trug sportliche Shorts, ein ausgebleichtes T-Shirt und eine dunkle Sonnenbrille. Er hatte sich seit einigen Tagen nicht rasiert. Er sah aus, als würde er sich hier am Strand genauso wohlfühlen wie in dem schicken Restaurant in L.A.

„Was machen Sie hier?", verlangte sie zu wissen.

Nick hielt ihr ein bekanntes Formular entgegen. „Ich bin hier, um Surfunterricht zu nehmen. Wie ich höre, sind Sie eine gute Lehrerin."

„Haben Sie den Verstand verloren? Leiden Sie unter Gedächtnisverlust? Ich werde Ihnen nicht beibringen, wie man surft."

„Das ist aber ein Jammer. Weil Mike vom Surfladen mir versichert hat, dass Sie zur Verfügung stehen." Er zeigte ihr das Formular. „Ich habe im Voraus bezahlt."

„Sie können Folgendes tun. Nehmen Sie Ihr Handy und sagen Sie Ihrem Boss, meinem ehemaligen Verlobten, dass ich nicht nach Hause komme. Ich werde ihn nicht heiraten und mir einen Privatdetektiv auf die Fersen zu hetzen wird mich nicht dazu bewegen, meine Meinung zu ändern."

„Sind Sie sicher, dass Sie ihn nicht heiraten werden?"

Sie streckte sich zu ihrer vollen Größe und bemühte sich, etwas größer zu wirken. „Ich. Bin. Sicher."

Sein Grinsen schien sowohl erleichtert als auch sorglos zu sein. „Gut. Und ich bin nicht hier, weil Ted mich geschickt hat."

Sie war äußerst misstrauisch. „Wirklich. Sie wollten Urlaub machen und Carlsbad ist Ihnen in den Sinn gekommen."

„Nein. Bitte gehen Sie heute Abend mit mir essen, damit ich es Ihnen erklären kann."

Sie warf ihm ihren vernichtendsten Blick zu, obwohl sie

wegen des Salzwassers, das in ihren Augen brannte, nicht sicher sein konnte, wie erfolgreich er war. „Das letzte Mal, als ich mit Ihnen gegessen habe, musste ich meine Verlobung lösen. Ich denke nicht."

„Ach kommen Sie, wir wissen beide, dass ich Ihnen einen Gefallen getan habe. Sie mussten aus dieser Beziehung entkommen. Er ist nicht der Richtige für Sie."

„Das geht Sie sowas von überhaupt nichts an."

„Kate." Er kam näher. „Ich bin deinetwegen hier."

Sie ging auf ihn zu. Beobachtete, wie er sie beobachtete und erwartete, dass sie in seine Arme fallen würde.

Sie schnappte nach dem Formular in seiner Hand. „Morgen um ein Uhr."

DAS LOKAL „SURFERS' HANGOUT" HATTE einige Vorteile. Erstens, es war nahe am Strand. Zweitens, Bier war billig. Als sie eintrat sah sie Manuel und seine Freunde, die um einen Tisch in der Ecke standen, sofort. „Hallo, Kate, du hast es geschafft", sagte Manuel und rutschte auf der Sitzbank zur Seite, um Platz für sie zu machen. Er nahm den Krug mit Bier, der in der Mitte des Tischs stand, schenkte ihr ein Glas ein und reichte es ihr.

„Danke."

Es waren einige weibliche Surfer hier und einige Frauen, von denen sie annahm, dass sie Freundinnen von Surfern waren, aber der Großteil der Gruppe war männlich. Sie unterhielten sich übers Surfen. Und Wellen. Ihre Pläne für die kommende Woche. Ein Australier lud sie alle in sein Heimatland ein, um die Wellen dort auszuprobieren. „Ich meine es ernst, mein Freund, ein zwei-hundert-Meter-Ritt ist keine Seltenheit. Du willst der Gefahr ins Auge blicken? Komm nach Oz."

„Und doch ist er hier", sagte Manuel. Manuel war aus Argentinien. Er hatte die letzten beiden Jahre mit Surfen auf Hawaii verbracht. Er nahm an internationalen Wettbewerben teil und wurde von zwei Firmen gesponsert. Das überraschte sie nicht. Sie hatte ihn surfen gesehen.

„Du solltest an Wettbewerben teilnehmen, Kate. Ich habe dich beobachtet. Du bist gut."

Sie lächelte über das Kompliment, schüttelte jedoch den Kopf. „Ich liebe es zu surfen. Es ist ein toller Sport, aber ich will nicht mein ganzes Leben mit Surfen verbringen."

Jeder, der sich in Hörweite befand, hielt inne und starrte sie an, als wäre sie verrückt, dann wurden die Gespräche wieder aufgenommen.

Einige der Anwesenden waren älter als sie; einer davon, Ed, musste in seinen Vierzigern sein, aber sie waren alle fit und einige waren eindeutig heiß. Manuel, zum Beispiel, mit seinen großen, braunen Augen, weißen Zähnen und dem winzigsten Hauch eines Akzents. Er sah sie eine Sekunde zu lange an und ließ sie dadurch wissen, dass er zur Verfügung stand.

Der Australier war ungefähr so subtil wie ein Schlaghammer. „Warum ist ein wunderschönes Mädchen wie du Single?", fragte er.

Sie zuckte mit den Schultern. „Ich habe gerade eine ernsthafte Beziehung beendet."

„Dafür habe ich genau das richtige Heilmittel, Süße", sagte er mit einem Lächeln, das sie daran erinnerte, dass die zehn giftigsten Schlangen der Welt alle in Australien lebten. Nur für den Fall, dass sie ihn nicht verstanden hatte, machte er eindeutige Hüftbewegungen.

„Danke, ich werde darüber nachdenken."

Sie blieb ein paar Stunden, wusste aber, dass sie mit keinem der Männer nach Hause gehen würde. Nicht mit dem Aussie, und nicht dem schönen Manuel.

Tatsache war, dass Gelegenheitssex nicht ihr Ding war.

Sie warf einige Dollar auf den Tisch, um ihren Teil des Biers zu zahlen, und verabschiedete sich. „Bis morgen."

„Gute Nacht, Kate", sagte der Chor und sie verließ die Bar.

Als sie nach Hause ging wurde ihr bewusst, dass es in Carlsbad nur einen heißen Mann gab, an dem sie interessiert war.

Und er war der letzte Mann, dem sie vertrauen sollte.

NICK ERSCHIEN EIN PAAR MINUTEN vor seinem angesetzten Surfunterricht, ausgestattet mit einem Neoprenanzug und einem unhandlichen Surfbrett. Der Eigentümer des Ladens hatte ihm gesagt, er sollte es auf seinem Kopf tragen, aber es wackelte beunruhigend. Er beobachtete die Jungs, die den Strand entlang joggten und ihre Bretter mit der gleichen Leichtigkeit unter ihren Armen trugen, mit der sie ihre Daumen trugen.

Er nahm an, dass sie es wohl ihr ganzes Leben lang getan hatten. Da sein Bett sich derart riesig und sperrig anfühlte, war er froh, dass er zuerst an ihrem Treffpunkt angekommen war, so dass Kate ihn nicht sehen konnte.

Er hatte allerdings die Möglichkeit, sie zu beobachten, als sie eintraf. Sie lief mit ihrem Brett unter dem Arm die Stufen zum Strand hinunter, als würde es nicht mehr als ein Schulbuch wiegen. Sie wirkte jünger und gelassener. Fast eine andere Person als die ernsthafte zukünftige Braut, die er vor weniger als einer Woche kennengelernt hatte.

Sie sah ihn und wurde langsamer, ganz geschäftlich.

„Dein Haarschnitt gefällt mir", sagte er. Jetzt, da er ihr Haar trocken sah und nicht vom Meerwasser an ihren Kopf gekleistert, gefiel es ihm. So kurz und zerzaust sah ihr Haar aus, als wäre ein Mann mit seinen Händen durchgefahren. Oder sollte es tun.

„Ted wollte immer, dass ich mein Haar lang trage", antwortete sie.

„Ah." Er beschloss, nicht noch einmal zu erwähnen, dass ihm ihr kurzer Haarschnitt gefiel, nur für den Fall, dass sie es abrasierte oder etwas Ähnliches. Sie mochte erleichtert und frei

81

aussehen, aber er konnte eine Spannung unter der Oberfläche erkennen, wie ein Draht, der unter Strom stand und vor wütender Energie summte.

„Hast du schon einmal gesurft?", fragte sie.

„Ich war einmal mit einer Gruppe von Freunden in Hawaii und wir haben Surfbretter gemietet, aber keiner hat gewusst, was wir damit anfangen sollten."

„Ein Anfänger also."

„Jawohl, Madam."

„Also gut. Fangen wir damit an, dass du dich umdrehst und von mir abwendest."

Er drehte sich wie befohlen um und sah den Strand entlang auf irgendeine Anlage. Vielleicht eine Trinkwasseraufbereitungsanlage, dachte er. Oder vielleicht eine ...

Seine Gedanken wurden unterbrochen, als er einen brutalen Schlag in seinen Rücken erhielt.

„Au", schrie er, verlor seine Balance und stieg mit einem Fuß vom Bett, um sich davon abzuhalten, auf sein Gesicht zu fallen.

„Nicht bewegen", wies sie ihn an. Er fragte sich, ob sich eine giftige Schlange oder ein Skorpion oder ein anderes tödliches Unwesen in der Nähe seiner Füße befand, aber als er hinunterschaute, sah er nur Sand.

„Siehst du, wie du dich automatisch mit deinem rechten Fuß abgefangen hast, als ich dich gestoßen habe?"

„Ja."

„Das ist beim Surfen dein vorderes Standbein."

„Ein sanfter Schubser hätte es auch getan."

„Aber es wäre nicht annähernd so befriedigend gewesen."

„Ich glaube, du hast meine Niere verletzt."

„Komm schon, Surfer-Boy. Jetzt, wo du weißt, welches dein stärkeres Bein ist, werden wir uns dem Surfen widmen."

Er bückte sich, um sein Surfbrett aufzuheben, und freute sich darauf, endlich ins Meer zu gehen. Er hatte sich für den Unterricht angemeldet, um mit ihr zu sprechen, aber jetzt, da er hier

war, war er ziemlich aufgeregt darüber, surfen zu lernen. „Nein",
sagte sie. „Wir bleiben hier."

„Auf dem Sand?"

„Jawohl."

Er starrte sie an. „Machst du das mit all deinen Schülern oder
versuchst du, mich zu demütigen?"

Ihre Lippen zuckten kurz, aber sie antwortete: „Ich mache es
mit allen Anfängern. Dich zu demütigen ist ein Bonus."

„Du unterrichtest erst seit ein paar Tagen. Wie viele Anfänger
hast du gehabt?"

„Du verschwendest deine Zeit. Leg dich auf dein Surfbrett."
Sie legte ihres neben seines und legte sich bäuchlings darauf. Er
folgte ihrem Beispiel.

„Du paddelst in Richtung Strand." Sie demonstrierte das
Armrudern im Sand. „Dann, wenn der richtige Zeitpunkt
kommt, springst du in einer Bewegung auf die Füße. Zuerst
stellst du dein vorderes Standbein in die Mitte des Bretts und
dein hinteres Standbein einen Schritt dahinter. Wenn es dir
lieber ist, kannst du zuerst auf deine Knie springen und dann,
wenn du dich dazu bereit fühlst, stehst du auf."

„Es hört sich so einfach an, wenn du es sagst."

„Du wirst es lernen."

Sie übten die Bewegung am Strand. Er war ein recht sportli-
cher Typ und hatte keine Probleme damit, von der Liegestütz-
Position direkt auf die Füße zu springen, aber er war weder so
leichtfüßig, noch so schnell wie seine Lehrerin. Er versuchte die
wenigen Spaziergänger und die Kids, die mit ihren Surfbrettern
unter den Armen an ihnen vorbeijoggten und ins Meer liefen, zu
ignorieren.

Nach ungefähr zehn Minuten des Sand-Surfens verkündete
sie, dass er für das Wasser-Surfen bereit wäre. Er befestigte die
Leine an seinem hinteren Standbein und ließ ihr Brett zurück
und folgte ihm ins Meer. Sie waren nicht sehr weit gekommen,
nur ein wenig weiter als hüfttief, bis sie sagte: „Okay, lass uns

hier anfangen. Leg dich auf dein Brett. Wenn ich es dir sage versuchst du aufzustehen, genauso, wie wir es geübt haben."

Es war ein bisschen peinlich, dass sie das Ende seines Bretts festhielt und es dann, als sie eine Welle als passend erachtete, in Richtung Strand schubste und „Los!" schrie.

Aber es gefiel ihm, dass er nicht darauf aufpassen musste, wo die Welle war und wann der geeignete Zeitpunkt war und er sich stattdessen darauf konzentrieren konnte, sich an das Brett und die Wellen zu gewöhnen und zu versuchen, sich aufzurichten.

Er musste es ein paar Mal versuchen und fiel ein paar Mal ins Wasser, aber jedes Mal fühlte er sich ein bisschen sicherer.

Surfen war ähnlich wie Skateboarden, ähnlich wie Snowboarden, und doch ganz anders.

Bei seinem vierten Versuch schaffte er es auf die Füße und ritt die Babywelle, wenn auch ein wenig wackelig, fast bis zum Strand.

Kate schien sich zu freuen, klatschte in die Hände und sagte: „Gut gemacht!" Eine Sekunde lang dachte er, sie hätte vergessen, was ihre Beziehung zueinander war, und würde ihn als nichts anderes als einen Schüler sehen. Das war gut. Ein Fortschritt.

Nachdem er seinen Rhythmus gefunden hatte, stand er immer wieder auf und ritt die Babywellen.

„Kann ich es dieses Mal versuchen, ohne dass du das Brett anschubst?", fragte er.

„Du hast gesagt, dass du noch nie zuvor gesurft hast." Sie schien sauer zu sein. „Warum würdest du über so etwas lügen? Sagst du jemals die Wahrheit?"

Er blinzelte sie an und spürte, wie das Wasser um sie zurückwich. Der Sand unter seinen Füßen bewegte sich. „Ich habe nicht gelogen. Ich habe es nur einmal auf Hawaii versucht."

Sie kniff misstrauisch die Augen zusammen. „Du lernst viel zu schnell. Ich glaube, du spielst mir etwas vor."

„Vielleicht bist du eine gute Lehrerin."

Sie presste ihre Lippen aufeinander und schüttelte den Kopf.

„Ich habe keine Zeit für derartige Spielchen. Sag Mike, er soll dir dein Geld zurückgeben." Sie drehte sich um und schritt durch die Brandung auf den Strand zu.

„Warte! Ich bin ein Snowboarder. Außerdem habe ich als Kind so ziemlich auf einem Skateboard gewohnt. Das Gefühl ist ähnlich und ich habe deswegen ein gutes Gleichgewichtsgefühl."

Als sie immer noch skeptisch war, watete er näher zu ihr. „Glaube mir, kein Mann versucht eine Frau zu beeindrucken, indem er ihr zeigt, wie er etwas *nicht* kann."

Sie verschränkte die Arme vor ihrer Brust. „Was machst du dann?"

Er beschloss, die Wahrheit zu sagen. „Ich versuche, dir näher zu kommen."

„Warum?"

„Du weißt genau warum."

Das Wasser sprudelte um ihre Füße, flüsterte endlose Geheimnisse. Er kam ihr näher, Wassertropfen hingen von ihren Wimpern und Haarspitzen. Ihre Augen waren skeptisch, traurig, wachsam und auch, dachte er – oder vielleicht hoffte er es – interessiert. Sie konnte ihre Verbindung spüren, genauso wie er.

Sein Blick senkte sich auf ihre Lippen. Diese sinnlichen Lippen, die jedes Wort so vorsichtig passieren ließen; die Lippen, die er hatte küssen wollen, seit er sie zum ersten Mal gesehen hatte.

Er legte ihre Hände auf seine Schultern. „Deshalb." Und er zog sie an sich und küsste sie.

In der Sekunde, in der ihre kühlen, salzigen Lippen seine berührten, war er verloren. Sie versteifte sich zuerst, so dass er nur sanft mit seinen Lippen über ihre strich, um sie zu überreden, um sich ihr anzubieten, um ihr von sich zu geben. Nach einer Sekunde spürte er, wie sie zitterte und sich ihm und der starken Anziehungskraft zwischen ihnen mit einem kleinen Seufzer hingab.

KAPITEL 9

*N*achdem sie Nick gestern am Strand gesehen hatte, hätte sie beinahe ihre Koffer gepackt, um sich in den frühen Morgenstunden aus dem Staub zu machen. Sie war sicher, dass Nick Ted angerufen hatte und dass ihr ehemaliger Verlobter, seine Familie und wahrscheinlich ihre Mutter bald antanzen würden, um sie zu nötigen, Ted zu heiraten.

Sie war aufgestanden und hatte angefangen zu packen, als ihr gleichzeitig zwei Gedanken in den Sinn kamen und sie innehielt.

Erstens: Sie war keine Prinzessin aus dem Mittelalter. Niemand konnte sie dazu zwingen, irgendjemanden zu heiraten.

Zweitens: Der rostige Kübel, der sich im Moment auf ihrem Parkplatz befand, hatte sich gerade noch ächzend und krachend von Long Beach nach Carlsbad geschleppt. Viel mehr war von ihm nicht zu erwarten.

Sie setzte sich auf ihr Bett, als die Realität sie einholte.

Sie musste damit aufhören, es jedem in ihrem Leben recht machen zu wollen. Vielleicht war es an der Zeit zu tun, was sie wollte.

Also hatte sie darauf gewartet, von den Carnarvons zu hören. Sie hatte den ganzen Vormittag geübt, was sie sagen würde.

Vernichtende Reden gespickt mit vernünftigen Versuchen zu erklären, dass sie sich darin geirrt hatte, Ted zu lieben. Sie liebte ihn nicht.

Sie liebte den Mann nicht, den zu heiraten sie geplant hatte. Sie liebte den Mann, den sie in ihm gesehen hatte. Den Mann, den sie sich gewünscht hatte.

Aber Ted war nicht dieser Mann.

Sie hatte langsam den Verdacht, dass sie auch nicht die Frau war, für die Ted sie gehalten hatte.

Zwischen den Wellen des Schmerzes und des Verrates kam eine weitere Emotion in ihr auf, ein Gefühl der Erleichterung, das sie völlig überraschte.

Wann war ihr bewusst geworden, dass sie Ted nicht heiraten wollte?

War es, als sie herausfand, dass er einen Privatdetektiv angeheuert hatte, um zu beweisen, dass sie loyal war?

Nein. Sie dachte, dass die Erkenntnis gekommen war, als Nick sie so lange herausgefordert hatte, bis sie ihm Dinge erzählt hatte, die sie seit langem unterdrückte.

In dem Moment, in dem sie erkannte, dass sie einen Mann küssen wollte, der ihr völlig fremd war.

Sie hatte den ganzen Vormittag damit verbracht, auf den Anruf zu warten, und war sich ziemlich sicher, dass Detektiv Nick genau wusste, wo sie wohnte und diese Information an die Carnarvons weitergeleitet hatte. Außerdem war ihre Handynummer auf dem Formular für den Surfunterricht. Sie war nur hundert Kilometer von L.A. entfernt. Sie fragte sich, wen die Familie schicken würde. Ted? Ihre Mutter? Teds energischen Vater, der verlangen würde, dass sie zurückkehrte, um seinen Sohn zu heiraten? Sie wusste nicht, wer auftauchen würde, und es war ihr egal. Sie war bereit. Sie hatte sich vorbereitet, ihre Antwort geübt, sie hatte so viel Koffein in sich, dass sie sich wie ein unter Strom stehendes Kabel fühlte.

Niemand klopfte an ihre Tür.

Der einzige Anruf auf ihrem Handy kam von Mike, der ihr mitteilte, dass er sie heute für zwei Stunden gebucht hatte.

Als sich die Mittagszeit näherte, hatte sie Zweifel. War es möglich, dass Nick die Wahrheit gesagt hatte?

Konnte es möglich sein, dass er nicht für die Carnarvons arbeitete? War er wirklich wegen der Anziehungskraft hier, der Verbindung, die sie beim Abendessen gespürt hatten?

Sie kam um ein Uhr an und war halb überrascht, ihn dort zu sehen. Er hielt sein Anfänger-Brett und lächelte dankbar.

Hier stand er nun und sah sie auf diese eindringende Art und Weise an, die ihr Blut zum Wallen brachte. Sie war nicht mehr verlobt. Sie war Single.

Frei.

Verfügbar.

Ihre Augen trafen seine und hielten sie fest, während er näherkam, sich seinen Weg durch die Brandung bahnte. Sie bewegte sich nicht, wich ihm nicht aus.

Stattdessen senkte sie ihren Blick auf diesen schönen Mund, der sich ihr näherte und langsam weiter näherte.

Ihre Augen schlossen sich langsam, als er den Abstand zwischen ihnen endlich genug verkleinert hatte, um sie in seine Arme zu nehmen und zu küssen.

Sie schmeckte Salz, spürte die Rauheit seiner Bartstoppel, nahm in fest in ihre Arme und gab sich dem Moment hin.

Er fühlte sich so stark an. Sie konnte die Kraft seines Körpers durch den Neoprenanzug spüren. Er küsste sie innig, ausdauernd, brachte sie dazu sich zu fragen, wie sie überhaupt in Erwägung ziehen konnte, ihr ganzes Leben zu leben ohne diesen Mann je geküsst zu haben.

Als er den Kuss vertiefte, öffnete sie sich ihm.

Keiner der beiden bemerkte die Welle. Die perfekte Surfwelle, die sich über hunderte Kilometer im Meer aufgebaut hatte, die sich heimlich unter der Oberfläche bewegt hatte, bereit sich aufzubäumen und einem Surfer, der an der richtigen Stelle geduldig darauf wartete, den perfekten Ritt zu bieten.

Und wenn diese Surfer nicht auf ihrem Brett lagen, bereit, auf ihre Füße zu springen und die Welle zu reiten, wenn sie stattdessen hüfttief in der Brandung standen und sich küssten, dann würde diese Welle direkt auf sie krachen, über ihre Köpfe schwappen und sie von ihren Füßen schwemmen.

Kate tauchte hustend und prustend auf und fragte sich, wie sie so verrückt sein konnte, in der Brandung zu stehen und ihren Schüler zu küssen, den Mann, der sie dazu gebracht hatte, ihre Verlobung zu lösen.

Er tauchte einen Moment später auf, hustete und lachte, seine Augen leuchteten.

„Ich würde sagen, du hast mich umgehauen."

„Wir sollten an den Strand gehen", sagte sie und fühlte sich plötzlich in jeder Hinsicht überfordert.

„Okay", sagte er, schnappte sich sein Brett und hob es hoch, damit er es leichter tragen konnte. „Geh heute mit mir essen."

„Nein, danke."

„Hast du andere Pläne?"

„Nein. Aber das letzte Mal, als ich mit dir Abendessen war, haben sich die Dinge nicht so gut entwickelt."

„Ich würde sagen, sie haben sich wirklich gut entwickelt. Du solltest Ted nicht heiraten."

„Ich weiß nicht ..."

„Es ist nur ein Abendessen. Du musst etwas essen."

Sie schüttelte den Kopf.

„Also gut. Ich werde bei Mancini's essen." Mancini's war ein italienisches Restaurant mit Meeresblick und ausgezeichnetem Essen. „Ich werde einen Tisch für uns reservieren, für sieben Uhr heute Abend. Solltest du Hunger haben, weißt du, wo ich zu finden bin."

Dann drehte er sich in Richtung des Surfladens um. „Das war eine gute Stunde. Gleiche Zeit morgen?"

Sie zögerte, dann, mit dem Gefühl seiner Lippen immer noch auf ihren, nickte sie.

KATE GAB UM VIER UHR noch eine Stunde. Dieses Mal waren zwei Frauen, die beschlossen hatten, surfen zu lernen würde Spaß machen, ihre Schülerinnen. Sie waren beide in ihren Vierzigern und schienen sich ebenso daran zu erfreuen, über sich selbst und einander zu lachen, wie daran, surfen zu lernen.

Sie waren nicht unbedingt sportlich oder ehrgeizig, im Gegensatz zu ihrem vorherigen Schüler.

Eine schaffte es für einen kurzen Wellenritt auf ihre Füße, die andere verbrachte mehr Zeit damit, vom Brett zu fallen als darauf zu bleiben, aber Kate erkannte, dass sie Spaß hatten, also versuchte sie, ihnen ein bisschen zu helfen und sicherzustellen, dass niemand ertrinken würde.

Sie gaben ihr ein großzügiges Trinkgeld am Ende des Unterrichts und bedankten sich für einen fantastischen Tag.

Da die Brandung sich schnell zurückzog und der Tag sich dem Ende zuneigte wusste sie, dass sie heute keinen Unterricht mehr geben würde.

Sie wünschte sich plötzlich, dass sie hier Freunde hätte. Die beiden lachenden Frauen hatten ihr bewusstgemacht, wie alleine sie war.

Sie könnte in die Surfer Bar gehen und ihren Abend mit einer Gruppe verbringen, die lebte um zu surfen und von nichts anderem sprach. Aber sie hatte niemanden, den sie spontan anrufen konnte, um zu sagen: „Lass uns zusammen essen oder ins Kino gehen", oder eines von hundert anderen Dingen.

Ihre Abgeschiedenheit würde also dazu führen, dass sie alleine eines ihrer Fertiggerichte essen und nicht daran denken würde, dass Nick allein in einem netten Restaurant saß. Und auf sie wartete.

Sie zog sich etwas Sportliches an, da Surfunterricht geben

nicht wirklich als Sport galt, und ging für einen langen Lauf zurück zum Strand. Die Sonne ging langsam unter, während sie auf dem vom Wasser gefestigten Sand joggte und hie und da um eine Familie herumlief, die eine Sandburg baute, oder einer Pfütze auswich. Sie liebte Sonnenuntergänge, wie sie sich langsam aufbauten und die Dämmerung den Horizont pink und lila färbte, und die Sonne sich langsam senkte, rot leuchtete, ihre Farbe ausdehnte bis der gesamte Himmel errötete.

Ihr Lauf brachte ihr nicht den gewöhnlichen Frieden, aber er verbrannte zumindest einen Teil ihrer nervösen Energie.

Sie spazierte den letzten Kilometer nach Hause, damit sich ihr Atem beruhigen konnte. In ihrer Wohnung angekommen, dehnte sie ihre Muskeln auf der Veranda und genoss die letzten Minuten des Sonnenuntergangs. Dann ging sie hinein.

Ihr Apartment war eine nette Ferienwohnung, aber es fehlte ihr an Gemütlichkeit.

Sie dachte über ihre Abendessen-Optionen nach und fand keine besonders ansprechend.

Stattdessen trank sie ein großes Glas Wasser, dann ein zweites. Sie zog sich aus, schaltete die Dusche ein und genoss eine lange, heiße Dusche. Sie wusch ihre Haare, dann rasierte sie sich. Als sie einen Fuß am Rand der Badewanne aufstützte und den Rasierer ihren Unterschenkel entlang zog bemerkte sie, dass sie dringend eine Pediküre benötigte.

Natürlich war sie für die Verwöhn-Pediküre angemeldet gewesen und hatte sie abgesagt. Jetzt dachte sie, dass sie sich nicht gehen lassen sollte, nur weil sie herausgefunden hatte, dass ihr Verlobter nicht der Mann war, für den sie ihn gehalten hatte.

Eine Frau pflegte sich nicht nur, um einem Mann zu gefallen, wie jede Frau, die auch nur ein einziges Selbsthilfebuch gelesen hatte, wusste. Sie richtete sich hübsch her, um sich selbst zu gefallen.

„Morgen", versprach sie ihren Füssen. Morgen würde sie ein Nagelstudio finden, dass Maniküren und Pediküren anbot.

Als sie ihr Haar geföhnt und jeden Zentimeter ihrer Haut mit der organischen Körpermilch, die nach Kokosnuss roch, eingecremt hatte, fühlte sie sich besser. Sie fühlte sich gut.

Sie schlüpfte in einen Rock – weil sie es leid war, immer Jeans zu tragen – und ein ärmelloses Baumwollshirt. Ein Blick auf die Uhr an der Wand zeigte, dass es sieben Uhr war.

Sieben Uhr, und Nick würde ungefähr jetzt Mancini's betreten.

Würde er sich umsehen und hoffen, sie zu finden? Würde er wieder hinausgehen und nach ihr suchen?

„Ja, genau", schnauzte sie sich laut an. Dann hob sie die Fernbedienung auf und schaltete den Fernseher ein.

Sie zappte durch einige Sender und sah nichts als Werbung und einen dieser schrecklichen Boxkämpfe. Sie schaltete den Fernseher wieder ab.

Sie hatte Bücher zu lesen.

Sie hatte ihren Laptop. Sie könnte sich damit beschäftigen, einen Job zu finden. Und jetzt, da sie Ted nicht mehr heiraten würde, musste sie nicht einmal in L.A. bleiben. Es könnte sogar gut für sie sein, eine Arbeit in einem anderen Teil des Landes zu finden. Sie knabberte an ihrer Unterlippe. Sie hatte ihre Leidenschaft für das Surfen gerade erst wiederentdeckt. Das schränkte ihre Möglichkeiten geografisch ein.

Die Uhr, die an einem alten Surfbrett angebracht war, teilte ihr mit, dass es zwölf nach sieben war. Der Anblick des Surfbretts brachte sie schlagartig zurück zu dem Moment, in dem Nick sie geküsst hatte. Sie leckte ihre Lippen, als ob sie ihn immer noch schmecken könnte.

Er würde jetzt bestimmt ein Bier trinken, oder einen Cocktail. Vielleicht verkostete er ein Glas Wein. Er sah sich wahrscheinlich die Speisekarte an, hatte bestimmt erkannt, dass er diese Mahlzeit alleine einnehmen würde.

Außer, er würde sich irgendeine arme Frau in dem Restaurant aufreißen.

Sie ging zurück ins Badezimmer und holte ihren Make-up Beutel hervor. Sie war sich nicht wirklich bewusst, dass sie sich fürs Ausgehen herrichtete, bis sie ihren Lidschatten auf ihre Augen und einen üppigen, pflaumenfarbigen Lippenstift auf ihre Lippen aufgetragen hatte, der laut seiner Aufschrift Kurtisane hieß.

Was Nick wirklich nötig hatte, dachte sie, als sie einen Pulli anzog und ihre Füße in Sandalen steckte, war ein ernsthaftes Gespräch.

Sie wohnte nur fünf Minuten vom Restaurant entfernt und kam daher kurz vor halb acht an.

Sie blieb einen Moment lang vor dem Eingang stehen. Das Restaurant hatte große Türen, die einem Garagentor ähnelten, und sie konnte gut hineinsehen. Sollte er an der Bar stehen und sich mit jemandem unterhalten – zweifellos einer Frau – dann würde sie einfach weitergehen und ein anderes Restaurant finden, um sich ein gutes Abendessen zu gönnen.

Als sie Nick sah, war er allerdings nicht an der Bar. Er saß an einem Tisch für zwei, alleine. Und wie sie angenommen hatte, trank er einen Cocktail.

Was sie überraschte war, dass eine zweite Speisekarte auf dem Platz ihm gegenüber lag und dass er dem Kellner nicht erlaubt hatte, das zweite Gedeck zu entfernen.

Nahm er an, dass sie eine sichere Sache war?

Er hob seinen Kopf und sah sich um, und einen Moment lang konnte sie spüren, dass er sich nach etwas sehnte. Es war nicht die selbstsichere Ladykiller-Art, die sie bei ihm erwarten würde, sondern ein ehrliches Gefühl von schwindender Hoffnung. Sie sah, wie er auf seine Uhr blickte und war sich sicher, dass er seine Schultern ein kleines bisschen hängen ließ.

Sie betrat das Restaurant durch den Haupteingang, ging auf seinen Tisch zu und setzte sich hin.

Wenn er geglaubt hatte, dass sie nicht kommen würde, verheimlichte er es jetzt ziemlich gut.

„Du siehst fantastisch aus", sagte er, als wäre die Tatsache, dass sie überhaupt hier war, kein Kommentar wert. Er erwähnte auch nicht, dass sie eine halbe Stunde zu spät war.

„Danke."

In genau dem Moment tauchte ein Kellner auf und sie bestellte ein Glas Wein.

„Hast du Hunger?", fragte Nick, als sie die Speisekarte durchsahen.

„Und wie", sagte sie. Und zu ihrer Überraschung stimmte es. Sie bestellte einen Salat als Vorspeise und danach Spaghetti mit Meeresfrüchten. Seltsamerweise und trotz des Traumas einer aufgelösten Verlobung, des Verrates ihrer Mutter und der Tatsache, dass noch niemand ihre Hochzeit offiziell abgesagt hatte, hatte sie langsam wieder Appetit. Das Brennen in ihrem Magen kam hie und da zurück, wenn sie von Wut übermannt wurde, brannte tief in ihrem Inneren, wild und schmerzhaft. Aber es war kein andauerndes Problem, so wie es das in den letzten Monaten gewesen war.

Sie war in einem Restaurant mit einem sehr attraktiven Mann. Und in dem Moment wurde ihr bewusst, dass wenn sie ihre Chancen, Ted zu heiraten, völlig ruinieren wollte, mit Nick zu schlafen der schnellste, effektivste Weg sein würde.

Sie würde sich nicht lange bemühen müssen, um sich von der passende-Bräute-für einen-Carnarvon-Liste zu streichen.

Eine einzige Tat würde ausreichen.

Sie blickte Nick an. Er beobachtete sie, und der Ausdruck in seinen Augen berührte sie, brachte sie dazu, alle möglichen Dinge zu wollen.

Sie senkte ihren Blick auf ihren Wein.

Nachdem sie bestellt hatten, lehnte sie sich vor. „Erzähl mir deine Geschichte. Die wahre dieses Mal."

„Ich bin mehr an deiner interessiert."

Sie schnaubte. „Du bist ein Privatdetektiv, und wenn dich die Carnarvons eingestellt haben, dann musst du gut sein. So gut, dass du bereits alles über mich weißt. Weil Teds Familie immer das bekommt, wofür sie bezahlt."

„Dich eingeschlossen?" Er forderte sie heraus, hielt ihrem Blick absichtlich stand.

„Darauf kannst du wetten. Ich war ein Vermögenswert." Sie hatte es erst nach dieser schrecklichen Nacht erkannt, als sie Ted den Verlobungsring ins Gesicht geschmissen hatte, aber sie war genauso Teil des großen Familienplans wie der letzte große Brauerei-Auftrag. Sie kam aus einer guten Familie, sie hatte keine Leichen im Keller. Sie war immer gut und brav gewesen. Und sie nahm an, dass sie sich in eine gute und brave Frau verwandelt hätte. Sie würde gut an Teds Arm aussehen, ihn und seine Familie nie blamieren, seine Kinder zur Welt bringen, und sie nahm an, dass sie einen Weg gefunden hätten, um sie aus ihrem Job in eine prestigeträchtigere Wohltätigkeits-Organisation zu drängen. Sie wollte glauben, dass sie damit nicht erfolgreich gewesen wären, aber sie war sich dessen nicht sicher.

Sie runzelte die Stirn bei dem Gedanken.

„Als wir uns letztes Mal unterhalten haben, bist du nicht so zynisch gewesen."

„Jüngste Ereignisse haben mich in vielerlei Hinsicht zynisch gemacht. Wie zum Beispiel jedes Wort, dass du mir beim Abendessen damals erzählt hast."

„Das Meiste von dem, was ich dir gesagt habe, war wahr."

„Definiere ‚das Meiste'."

„Kate ..."

„Du hast über deinen Beruf gelogen, was ein ziemlich großer Teil des Lebens einer Person ist."

„Es war nicht wirklich eine Lüge. Ich arbeite tatsächlich für eine Versicherungsgesellschaft."

Sie hob ihre Augenbrauen.

Er grinste in Anerkennung ihrer Skepsis. „Ich arbeite auf Vorschuss. Ich ermittle oft bei Versicherungsbetrug. Aber die

Visitenkarte, die ich dir gegeben habe, ist echt." Er nippte an seinem Getränk. Sah sie an. „Okay. Frag mich, was du willst."

„Heißt du wirklich Nick?"

„Ja."

„Bist du verheiratet?"

„Komm schon. Wäre ich wirklich hierhergekommen, um dich zu finden, wenn ich verheiratet wäre?"

„Wahrscheinlich. Wenn Teds Familie dir genug bezahlt."

„Dafür werde ich mich nicht entschuldigen. Das ist mein Beruf. Und, wie ich dir bereits erklärt habe, bin ich nicht wegen der Carnarvons hier. Ich bin deinetwegen hier."

Sie versuchte ihm zu erklären, was sie von der Art und Weise hielt, wie er seinen Job ausführte. „Wenn ich eine Versicherungsgesellschaft hintergangen oder meinen Ehemann betrogen hätte, dann könnte ich verstehen, dass du mir folgst, um Beweise zu sammeln. Aber was genau habe ich getan? Eine verlobte Frau dazu zu bringen, dass sie ihren Verlobten betrügt? Das ist ..." Sie brach ab, da sie das richtige Wort nicht finden konnte.

„Verachtenswert. Ich weiß." Er nahm eines der Brötchen aus dem Korb, den der Kellner gerade gebracht hatte, und brach es in zwei Stücke, mehr, weil er etwas zerbrechen wollte, als um es zu essen, vermutete sie. „Ich hätte den Auftrag nicht angenommen. Ich habe noch nie einen derartigen Auftrag angenommen, und ich dachte, dass er schrecklich war. Aber Ted war mein Zimmerkollege im College und seine Familie hat mir im Laufe der Jahre viel Arbeit besorgt. Also habe ich Ja gesagt. Wider besseres Wissens."

Es war schwer, auf jemanden böse zu sein, der zugab, dass seine Taten verachtenswert waren. Und er hatte recht, es war genau das richtige Wort dafür, wie er versucht hatte, ihr eine Falle zu stellen. Oder, um genau zu sein, für die Art und Weise, wie Ted und seine Familie versucht hatten, sie in eine Indiskretion zu locken. Um zu beweisen, dass sie Ted eine würdige Ehefrau sein würde. Sie wollte nicht an deren Verhalten – von dem ihrer Mutter ganz zu schweigen – denken, also wandte sie ihre Aufmerksamkeit wieder Nick zu. „Du bist also nicht verheiratet."

„Nein."

„Jemals verheiratet gewesen?"

„Nein."

„Jemals beinahe geheiratet?"

Er schüttelte den Kopf. „Ich schätze, ich habe nie das richtige Mädchen zum richtigen Zeitpunkt kennengelernt."

„Du sagtest, dass du mit Ted zusammen im College warst."

„Das ist richtig."

„Also bist du auch reich?"

Er grinste. „Nicht einmal annähernd. Mein Großvater hat mir etwas Geld vererbt, Stipendien, Sommerjobs."

Der Kellner brachte ihren Salat und sie nahm ihre Gabel. „Bin ich den Mädchen ähnlich, mit denen Ted im College ausgegangen ist?"

Er zögerte nicht und sagte: „Nein."

„Du musst überrascht gewesen sein, als du mich kennengelernt hast."

„Ehrlich? Ich dachte, er hätte endlich etwas richtig gemacht. Was ich meine ist, dass Ted mit Frauen zusammen war, die oberflächlich wie du zu sein scheinen. Treuhandfonds-Babys, Mädchen der gehobenen Gesellschaft, Frauen, die seiner Familie gefallen würden, aber sie waren alle schrecklich. Jede Einzelne. Kalt und versnobt. Ich dachte, du seist auch so. Aber das bist du nicht. Ganz und gar nicht."

„Was, wenn Ted dich nicht angeheuert hätte? Ich meine, was wäre passiert, wenn du und ich rein zufällig in dem Restaurant gewesen wären, und Ted hätte seine dringende Besprechung nicht vorgetäuscht, sondern es hätte wirklich einen Notfall gegeben und ich wäre allein zurückgeblieben. Hättest du dich an mich herangemacht?"

„Ganz bestimmt. Ich wäre wahrscheinlich nicht so aufdringlich gewesen, aber ich hätte versucht, dich kennenzulernen."

„Sogar, wenn du herausgefunden hättest, dass ich verlobt war?"

Er lehnte sich wieder vor. „Ich habe Folgendes beobachtet. Und bitte erinnere dich daran, dass ich dazu ausgebildet wurde, das zu interpretieren, was ich sehe. Ich sah einen Mann, der mehr daran interessiert war seinen Wein zu verkosten und seine Gänseleberpastete zu verschlingen, als sich mit der Frau zu beschäftigen, die ihm gegenübersaß. Ich sah eine Frau, die in ihrem Essen herumstocherte, als hätte sie kein Interesse daran es zu kosten. Es war nicht die Körpersprache von Liebenden. Es tut mir leid, aber das habe ich beobachtet."

Wie traurig das klang. Sie konnte seinen Wahrnehmungen nichts entgegensetzen. „Du glaubst, dass Ted mich nicht liebt?"

„Ted ist mir völlig egal. Aber ich glaube nicht, dass *du ihn* liebst."

KAPITEL 10

*E*ine Frau wie du? Wenn sie verliebt ist, dann ist sie
„ wirklich unantastbar."

„Ich habe dich beinahe geküsst. Auf der Straße, nachdem du
mir aus dem Restaurant gefolgt bist. Ich habe dich begehrt. Und
du weißt es."

Gedanken an diese Szene hatten sie gequält. So böse sie auch
auf Ted und seine Familie und deren schreckliches, manipula-
tives Verhalten gewesen war, war ein Teil ihrer Wut doch auf sie
selbst gerichtet.

Er griff über den Tisch und nahm ihre Hand. „Du hast alles
getan, um mich dazu zu bringen, mich zurückzuhalten. Ich habe
dich gedrängt. Ich bin dir aus dem Restaurant gefolgt."

„Du hast mich gebeten, ihn nicht zu heiraten." Sie nippte an
ihrem Wein, musste die kühle Flüssigkeit in ihrem Hals spüren.
„Und als ich dir in die Augen sah ... es war wie eine Szene in
einem Film."

„Ich wollte dich so sehr küssen, dass es wehgetan hat."

„Aber sie bezahlten dich dafür, es zu tun." Und sie war darauf
hereingefallen.

„Für den ersten Teil, ja. Das gebe ich zu. Der andere Teil,

nachdem wir uns unterhalten hatten und ich das beste Date meines Lebens hatte, das war nur ich."

„Du hast sie angelogen."

„Wen?"

„Stell dich nicht dumm. Ich habe dich im Poolhaus gehört, erinnerst du dich? Du hast den Beinahe-Kuss nicht erwähnt. Du hast ihnen nicht gesagt, dass ich deine Visitenkarte angenommen hatte."

„Der letzte Teil war nur zwischen uns. Wenn ich nicht ..." Er hielt inne, schien die richtigen Worte nicht zu finden. „Wenn ich nicht etwas für dich empfunden hätte, dann hätte ich dich gehen lassen. In dem Moment, als du das Restaurant verlassen hast, war meine Arbeit für die Carnarvons erledigt. Und genau das habe ich ihnen berichtet. Als ich dir aus dem Restaurant gefolgt bin, das war nur für mich."

Er lockerte seinen Griff und streichelte ihre Finger mit seinen. „Und das ist auch für mich."

Nachdem er es zugegeben hatte, wurde der Abend besser. Sie forderte ihn nicht mehr heraus und genoss einfach seine Gesellschaft. Seine lustigen Geschichten über seinen Beruf, seine Familie, Politik, Bücher und Filme. Sie ertappte sich dabei, wie sie sich ihm gegenüber erwärmte, als sie anfingen, sich wie zwei Menschen zu unterhalten, die die Gesellschaft des anderen genossen und eine ziemlich gute Vorstellung davon hatten, wie der Abend enden würde. Nur, dass sie nicht plante, mit Nick ins Bett zu fallen. Natürlich könnte sie es als Rache tun, aber so sehr ihr der Gedanke daran auch gefiel, sie wusste, dass sie es nicht tun würde.

Ted, seine Familie, ihre Mutter, alle zusammen hatten sie hintergangen.

Aber daraus folgte noch lange nicht, dass sie sich selbst betrügen musste, um sich an ihnen zu rächen.

Sie hatte gewisse Standards, an die sie sich hielt, Standards, an die sie sich halten wollte. Mit Rache-Sex wollte sie nichts zu tun haben.

Aber ein Abendessen mit einem sexy Mann, der ihr gefiel? Das war genau das Richtige.

Er fütterte sie mit seinem Essen, so wie er es bei ihrem ersten Treffen getan hatte. Dieses Mal fütterte sie ihn auch von ihrem Teller. Zu ihrer großen Überraschung aß sie ihren ganzen Teller Spaghetti, jedes Blättchen von ihrem Salat und sogar einige Bissen des Käsekuchens, den er bestellt hatte.

Als sie das Restaurant verließen, sagte er: „Ich würde dir gerne etwas zeigen."

„Was?"

„Ich möchte dir deine Akte zeigen."

„Du meinst die Abschriften der Gespräche, die du mit meinen Freunden geführt hast, als du dich als Klatschspalten-Reporter ausgegeben hast?"

„Verdammt. Du hast dir gedacht, dass ich das war, hm?"

„Später, ja. Es ergibt jetzt auch Sinn, warum mich ein ehemaliger Arbeitgeber angerufen und mir einen Job angeboten hat, da ich ja auf der Suche war." Sie sollte ihn deshalb wirklich zurückrufen.

„Ich bin sehr gründlich in meiner Recherche." Er entschuldigte sich nicht dafür, in ihrer Vergangenheit herumgestöbert zu haben. „Aber ich wollte dir die Fotos zeigen. Sie erzählen eine interessante Geschichte."

Sir runzelte die Stirn. „Welche Fotos?"

„Komm mit in meine Ferienwohnung und ich zeige sie dir."

„Du willst, dass ich mit dir in deine Wohnung gehe, damit du mir Fotos zeigen kannst?"

Er grinste sie an. „Genau. Meinst du, du wirst es schaffen, ohne dich auf mich zu stürzen?"

Sie schnappte nach Luft und riss den Mund auf. „Ich? Mich auf dich stürzen?"

„Ich sollte dich warnen. Ich habe nie Sex bei der ersten Verabredung." Mittlerweile lachte er sie offen an.

Gut. Denn sie würde auch nicht mit ihm Sex haben.

Dann legte er seinen Arm um ihre Taille. „Komm schon. Ich werde mich benehmen. Versprochen."

„Okay. Lass uns zu deiner Wohnung gehen und deine Fotosammlung ansehen." Um ehrlich zu sein war sie neugierig.

Sie gingen los, ihre Bewegungen wie aufeinander abgestimmt.

„Und umgekehrt?", fragte er.

„Umgekehrt was?"

„Dieselbe Frage, die du mir vorher gestellt hast. Was, wenn wir uns kennengelernt hätten und du nicht verlobt gewesen wärst? Wärst du an mir interessiert gewesen?"

Der Mond war aufgegangen und die Wellen rollten und tobten wie ein rastloser Schlafender, und er sah sie mit derartiger Leidenschaft an, dass ihr Herz einen Schlag aussetzte. „Ja."

Er drehte sie zu sich. „Ich wollte dich in jener Nacht so sehr küssen." Er hob ihr Kinn an. „Dann, nachdem ich zurück nach Seattle gefahren war, habe ich gehofft, dass du anrufen würdest. Dass ich dich würde sagen hören ‚ich bin frei'."

„Ich bin jetzt frei."

Seine Augen suchten in ihrem Gesicht nach einer Antwort. „Bist du das wirklich?"

„Ja", antwortete sie, und in dem Moment wurde ihr bewusst, dass sie Ted und all die Träume und Hoffnungen, die sie für eine gemeinsame Zukunft gehabt hatte, ein für alle Mal losließ. „Ja", flüsterte sie, „das bin ich."

Für einen weiteren zeitlosen Moment stand er da und sah in ihr ihm zugewandtes Gesicht, dann lächelte er leicht, als wären das gute Neuigkeiten, und legte seine Lippen auf ihre.

Oh je, dachte sie, als das sanfte Trommeln ihrer Leidenschaft in ihrem Blut pulsierte. Als sie sich am Strand geküsst hatten, war es ein nasser, vom Salzwasser gewürzter Kuss gewesen, der kaum begonnen hatte, bevor die Welle sie beide umgeworfen hatte.

Aber jetzt? Jetzt war es ein Kuss, der auf festem Boden geschenkt und empfangen wurde. Er küsste sie, als hätte er alle Zeit der Welt und für eine oder zwei Ewigkeiten nichts anderes vor, als sie zu küssen.

Sie spürte, wie ihr Körper auf ihn reagierte, und lehnte sich näher an ihn, kam ihm entgegen.

„Meine Wohnung", flüsterte sie, als sie endlich innehielten, um Luft zu holen.

„Meine ist näher", sagte er. Warum überraschte es sie nicht, dass er genau wusste, wo sie wohnte?

Sie nickte zustimmend und legte ihre Hand in seine. Er zog sie entlang des Gehsteiges und fing an zu laufen. Es war beinahe so, als wollte er ihr nicht die Möglichkeit geben, ihre Meinung zu ändern.

Nach der Art und Weise, wie sein Kuss sie zum Taumeln gebracht hatte, hatte sie keinesfalls vor, ihre Meinung zu ändern. Sie wollte sich komplett aus dem Rennen für die Position der nächsten Frau Carnarvon nehmen und hatte das bestimmte Gefühl, dass mit Teds altem Zimmergenossen zu schlafen das bewerkstelligen würde.

Und was auch immer im Laufe der nächsten Stunden passieren würde, sie wusste, dass es sich nicht um Rache-Sex handeln würde.

Sie spürte einen kurzen Anflug von Traurigkeit, als sie weiterliefen, denn sie wusste, dass Ted wahrhaftig Teil ihrer Vergangenheit und nicht mehr Teil ihrer Zukunft sein würde, wenn sie mit einem anderen Mann schliefe.

Die Tatsache, dass sie im wahrsten Sinne des Wortes in die Arme eines anderen Mannes lief, machte ihr allerdings deutlich, dass er bereits aus ihrem Herzen verschwunden war.

Sobald sie Zeit hatte darüber nachzudenken, würde sie sich die Zeit nehmen müssen, um sich ernsthaft mit der Frage zu

beschäftigen, warum sie seinen Heiratsantrag überhaupt angenommen hatte.

Und hier war sie nun und lief in die Arme des Mannes, der ihre
Verlobung praktisch aufgelöst hatte, und es fühlte sich auf eine
wilde, befreiende Weise richtig an, obwohl es das genaue Gegenteil davon war, wie sie normalerweise eine Beziehung anfing.

Die Sache vorsichtig anzugehen hatte offensichtlich nicht gut
funktioniert. Vielleicht war es eine gute Idee, dem Wilden und
Unverhofften eine Chance zu geben.

Natürlich hatte Nick eine Sprechblase über seinem Kopf
schweben, die deutlich *für Spaß zu haben, aber nicht auf Dauer*
verkündete.

Das passte Kate gut. Was sie sich wirklich wünschte, wirklich
brauchte, war etwas, um sie aus sich selbst herauszuholen.

Spaß haben.

Mit einem wirklich heißen Typen.

Als er also stehenblieb, um seinen Schlüssel zu finden und
dann damit herumfummelte, um die Tür zu seiner Ferienwohnung zu öffnen, war sie genauso ungeduldig wie er.

Als sie sich hineindrängten ohne Zeit damit zu verschwenden, den Lichtschalter zu finden, und er die Tür hinter ihnen mit
seinem Fuß zustieß und sie an sich zog, war sie ein williger
Mitspieler und ihr Körper bebte vor Erwartung.

Seine Wohnung schien etwas besser ausgestattet als ihre. Sie
bemerkte, dass das Bett größer und die Möbel von besserer
Qualität waren.

Er zog sie mit sich zum Bett und küsste sie wieder. Die Jalou-
sien waren geöffnet und Mondlicht schlich sich ins Zimmer,
nicht so hell wie bei Vollmond, sondern mit dem zurückhal-
tenden Schein eines Halbmondes. Das silberne Licht reichte aus,
um Formen und Schattierungen von Hell und Dunkel zu erkennen, was gerade richtig schien, da sie sich diesem Mann zum
ersten Mal hingab. Gedämpftes Licht war perfekt.

Als er sie küsste, erwärmte sie sich, dann fing sie an zu schmelzen, langsam, wie Kokosnussöl auf der Haut. Alles lockerte sich, entspannte sich.

Alles ging so schnell; sie kannte den Mann kaum. Als seine Lippen ihre verließen und er ihre weiße Bluse aufknöpfte, wobei er ihre Schultern küsste, nachdem er sie entblößt hatte, sagte sie: „Ich mache so etwas normalerweise nicht. Ich habe dich gerade erst kennengelernt."

„Ich weiß", sagte er beruhigend, verlockend. „Ich habe Ermittlungen über dich angestellt, erinnerst du dich?"

Seine Stimme war eine tiefe, wogende Welle, die die in ihrem Inneren verborgene Meerjungfrau direkt ansprach. „Du hast Ermittlungen über mich angestellt."

„Ich habe dich studiert."

„Du hast mich studiert", wiederholte sie geistesabwesend. Sie wollte wütend darauf sein, dass er seine Nase in ihr Leben gesteckt hatte, aber sie konnte die Energie dafür nicht aufbringen. All ihre Energie wurde in anderen Bereichen benötigt.

„Was hast du herausgefunden?"

Ihre Bluse war nichts weiter als eine weiße Flagge der Kapitulation, die auf den Boden schwebte. Mit einem Geräusch purer männlicher Lust folgte er den Rundungen ihrer Brüste durch ihren BH. Ihre Brüste waren nicht groß, wofür sie immer dankbar war, wenn sie surfte oder joggte – und, woran Evangeline sie erinnert hatte, sie wurden kleiner, wenn sie an Gewicht verlor – aber wenn sie mit einem Mann intim war, war sie sich des Mangels an weiblichen Kurven immer bewusst. Es schien ihm jedoch nichts auszumachen. Er berührte ihre Brüste, als wären sie die wunderbarsten Dinge, die ihm je untergekommen waren.

„Ich fand heraus, dass du vorsichtig bist, wenn es um Männer geht. Du lässt dir Zeit. Lernst sie richtig kennen. Du läufst nicht Hals über Kopf in eine intime Beziehung."

Sie spürte das tiefe Beben ihres eigenen Lachens. „Außer mit dir."

Dann spürte sie sein Lächeln auf ihrer Haut, als er die sensible Haut über ihrem BH küsste. „Außer mit mir." Es gab keinen Zweifel daran, dass sie Genugtuung in seiner Stimme vernahm.

„Was hast du sonst noch erfahren?" War das wirklich ihre Stimme? Diese tiefe, sexy, *oh, Baby, komm ins Bett* Stimme?

„Ich habe erfahren, dass du nicht viele Freunde hast, aber die, die du hast, sind dir zutiefst verbunden. Sie würden alles für dich tun. Ich habe erfahren, dass du Tiere liebst und dass du für deine Freunde da bist, wenn sie in einer Krise stecken. Dass du Ballett magst, klassische Konzerte jedoch verabscheust."

Er öffnete ihren BH und sie fühlte sich ungeheuer frei, als er ihre Brust entblößte. Sie konnte spüren, wie ihre Brustwarzen unter seinem Blick hart wurden. „Es ist einfach zu viel klassische Musik, ohne, dass man etwas sieht." Sie seufzte, als er seine Lippen auf eine ihrer sensiblen Spitzen legte. „Beim Ballett sieht man schöne Körper, die sich zu klassischer Musik bewegen." Sie hielt ihren Atem an, als er eine Brustwarze komplett in den Mund nahm. „So viel befriedigender."

Sein Mund war offensichtlich zu beschäftigt, um sprechen zu können, und so verfiel sie in Schweigen.

„Oh", stöhnte sie und fuhr mit ihren Händen in seine Haare, um ihn näher an sich zu ziehen. „Oh."

„Befriedigend", murmelte sie, als er sich zurückzog und ihre feuchte Brustwarze fühlte sich ein kleines bisschen kalt an in der Brise. „Sehr befriedigend."

„Was hast du sonst noch herausgefunden?" Sie fand den Saum seines dunkelblauen T-Shirts und fing an, es hochzuziehen, über einen Bauch, der so straff und verführerisch aussah, wie man es nur von Bildern in Magazinen kannte.

„Ich fand heraus, dass du das erste Mal, als du dich mit Schnaps betrunken hast, so krank warst, dass du zwei Tage lang nicht zu Vorlesungen gehen konntest."

Sie ließ sein T-Shirt los, so dass es wie ein verschütteter Schatten wieder über seinen Bauch fiel. „Ich kann nicht glauben, dass Sara dir diese Geschichte erzählt hat." Sara Lam war die einzige Person, die sich noch genauso gut an diese Nacht erinnern würde wie sie.

Er lächelte in der Dunkelheit. „Du musst dich daran erinnern, dass ich mich als Klatschspalten-Reporter ausgegeben habe und manchmal als jemand, der angestellt worden war, um eine peinliche Diashow für die Hochzeit zusammenzustellen."

Sie schloss ihre Augen kurz. „Bitte sag mir, dass dir Sara keine Fotos gegeben hat." Ganz egal, wie betrunken sie gewesen war, sie wollte nicht, dass irgendjemand ihre Frisur – basierend auf Jennifer Anistons berühmtem Haarschnitt in Friends – sah.

„Nein", sagte er und klang, als würde er es bereuen. „Ich habe sie betört, so gut ich konnte, aber sie sagte, du würdest mich umbringen, sollte ich eines dieser Fotos verwenden. Sie hat mir nur die Geschichte erzählt."

„Schlimm genug. Und das hat sie nur getan, weil sie bereits verheiratet ist. Sie weiß, dass ich mich nicht mehr an ihr rächen kann."

Seiner Hände waren auf ihrem Rock.

„Hast du sonst etwas Interessantes herausgefunden?"

„In meinem Beruf, wenn ich Nachforschungen über jemanden anstelle, finde ich meistens heraus, wie sehr sie die Leute, die ihnen vertrauen, belügen und betrügen. Bei meinen Untersuchungen in deiner Vergangenheit habe ich eine Frau gefunden, die Gutes in der Welt tut und deren Freunde sie wahrhaftig mögen und schätzen."

Sie widmete sich wieder dem Ausziehen des T-Shirts. Als sie es über seinen Kopf zog, konnte sie seine Worte nur gedämpft hören. „Ich war bereits halb in dich verliebt, bevor ich dich überhaupt kennengelernt habe."

Zumindest dachte sie, dass er das sagte.

Als sein T-Shirt beseitigt war, war ihr nicht mehr nach reden zumute. Der Mann war wunderschön, hatte eine muskulöse Brust, die sich über seine Rippen und seinen Bauch zu einer schlanken Taille verschmälerte. Er zog sie wieder an sich und sie wölbe sich ihm entgegen, genoss die warme Reibung von Haut an Haut. Ihre Brüste waren so sensibel, dass sie erzitterte, als sie seine Brust berührten.

„Dir muss kalt sein", neckte er sie, zog die Decke zurück und setzte sie auf das Bett. Er zog den Rock über ihre Beine, dann ihr Höschen.

Und er liebe sie sorgfältig. Sie erinnerte sich vage daran, wie er während ihres ersten gemeinsamen Abendessens behauptet hatte, dass jede Frau einen Orgasmus verdiente, jedes Mal. Sie hatte angenommen, dass er absichtlich provokant gewesen war, jetzt fand sie jedoch heraus, dass es der Wahrheit entsprach. Und ein Orgasmus war nicht genug für ihn. Er reizte und streichelte sie, bis sie ihren Verstand verlor, und erst dann griff er nach einem der Kondome auf seinem Nachttisch.

Sie zitterte am ganzen Körper, wusste, dies würde das Ende von Teds Präsenz in ihrem Leben sein. Aber als sich Nick zu ihr drehte, hart und bereit, als er sie tief küsste und langsam mit ihrem Körper verschmolz, konnte sie nur an ihn denken.

Und dann konnte sie überhaupt nicht mehr denken.

KAPITEL 11

*D*u trainierst bestimmt viel", murmelte sie Stunden
„ später und küsste seinen Waschbrettbauch.

„Ich betreibe gerne Sport. Tennis, Golf, Squash, all die Sport-
arten, die korrupte Geschäftsmänner gern spielen. Es ist ein
guter Weg, um einigen der Männer, über die ich Nachforschungen anstelle, nahezukommen. Sie neigen dazu, sich zu
entspannen und frei zu reden, wenn sie schwitzen und um den
Sieg kämpfen."

Sie verzog ihr Gesicht. „Machst du irgendetwas für dich, nur
aus Spaß?"

„Ja, ich bin praktisch mit Skiern auf die Welt gekommen. Vor
ein paar Jahren habe ich mit dem Snowboarden angefangen. Ich
spiele auch ein paar Mal in der Woche Fußball in einer Freizeit-
Liga."

Sie streckte sich und fühlte sich wunderbar entspannt, als das
Echo der Lust in ihren Sinnen widerhallte.

„Und ich nehme seit kurzem Surfunterricht."

Sie fuhr mit einer Fingerspitze über seine Rippen, wie über
eine Leiter. „Tatsächlich? Und wie läuft das?"

„Meine Lehrerin ist super-heiß. Ich kann mich deshalb nicht

wirklich auf meine Stunden konzentrieren, aber ich glaube es gefällt mir."

„Großartig!"

„Ja." Er nahm ihre Hand in seine. „Nur, dass ich manchmal beim Surfen irgendwie vergesse, was ich tue, und anfange mir Dinge über sie auszumalen."

„Wirklich?" Sie hörte sich atemlos an, als wäre sie gerade einen Marathon gelaufen.

„Ja. Es hat etwas, wenn man eine Welle perfekt erwischt und so hoch gleitet, dass man glaubt auf einer Wolke zu schweben. Es lässt mich daran denken, mit meiner Lehrerin zu schlafen."

„Hmm."

„Weißt du, was ich tun möchte?"

„Was?"

„Auf einem Surfbrett Sex haben."

Sie lachte. „Du bist völlig verrückt."

„Denk darüber nach. Wäre es nicht toll?"

„Nein. Es wäre wackelig und unstabil und du würdest wahrscheinlich ertrinken."

„Ich glaube, wir sollten es herausfinden. Lass uns hinausgehen, solange es dunkel ist, und es versuchen."

„Ohne einen Neoprenanzug? Das Wasser ist eiskalt."

Er grinste sie im Finstern an. „Also ist es nicht der Sex auf dem Surfbrett, der dich zurückhält. Es ist die Temperatur des Wassers." Sein Gesichtsausdruck sagte deutlich *erwischt*. „Wir müssen also nur darauf warten, dass es wärmer wird."

„Was noch einige Monate dauern wird. Wirst du dann immer noch hier sein?"

Er seufzte. „Wahrscheinlich nicht. Aber wir könnten uns verabreden."

Was darauf schließen ließ, dass sie sich wiedersehen würden. „Das könnten wir."

Sie rollte auf ihren Bauch und küsste ihn. „Ich sollte mich verabschieden."

Er küsste ihren Rücken. „Nein, das solltest du auf keinen Fall."
„Wow, das wird wirklich ernst. Du willst, dass ich nach unserer ersten Verabredung die ganze Nacht hierbleibe?"
„Zweite Verabredung", erinnerte er sie.
„Ich habe keine Zahnbürste."
„Ich habe immer eine in Reserve. Ich bin so viel unterwegs, dass es leicht ist, eine in einem Hotelzimmer zu vergessen, also packe ich immer ein paar ein."

Und weil sie sich wirklich nicht anziehen und mitten in der Nacht nach Hause gehen wollte, und weil sie ihre eigenen strengen Regeln nicht mehr befolgte, blieb sie.

Am nächsten Morgen machten sie zusammen Frühstück. Sie hatte erwartet, verlegen zu sein, aber er sah so glücklich darüber aus, sie zu sehen, als er aufwachte, dass sie völlig vergaß, verlegen zu sein.

Sie trug eines seiner T-Shirts, das ihr bis über die Oberschenkel hing, und ging in seiner Küche umher, um Rühreier und Toast zuzubereiten, während er sich um Speck und Kaffee kümmerte.

Es war kameradschaftlich. Er war ein ziemlich gesprächiger Morgenmensch, und sie war froh, ihn reden zu lassen, während sie ihren Kaffee trank. Sie war nicht unbedingt ein Morgenmensch.

Als sie mit dem Frühstück fertig waren, erhielt sie einen Anruf von Mike, der ihr mitteilte, dass er eine Surfstunde für später am Nachmittag für sie gebucht hatte.

Nach dem Frühstück lud sie die Teller und das Besteck in den Geschirrspüler und er wusch die Pfannen ab, so sehr im Einklang, als wären sie schon jahrelang zusammen gewesen anstatt nur eine Nacht.

Sie war sich der passenden Umgangsformen nicht sicher. Wann sollte sie sich verabschieden? Sie lebte nicht auf diese Art und Weise, aber Nick tat es. Es war allerdings nicht etwas, was sie ihn fragen konnte. Hey, übrigens, mit deinem Ruf als Ladykiller kennst du bestimmt die richtige Vorgangsweise am Tag danach. Verabschiedete man sich gleich nach dem Frühstück? Gab es ein universell akzeptiertes Zeichen oder einen Hinweis, den sie nicht kannte?

Während sie darüber nachdachte, holte er einen hochwertig aussehenden Aktenkoffer, sperrte ihn mittels eines Codes auf und öffnete ihn. Er nahm einen beigen Dateiordner heraus, der genauso aussah, wie hundert andere, die sie zuvor gesehen hatte.

Er legte ihn auf den Tisch, an dem sie gerade gefrühstückt hatten. Sie schaute auf das Schild, aber es war nur eine Aktennummer zu sehen, kein Name.

„Ist das, was ich denke, dass es ist?"

„Deine Akte."

Er setzte sich und öffnete den Ordner.

Er zog den Stuhl neben sich hervor und sie setzte sich. Sie konnte sich nicht vorstellen, was sich in dem Ordner befinden könnte und war sich ganz und gar nicht sicher, ob sie es wissen wollte.

Er sah ihren Gesichtsausdruck und grinste. „Keine Sorge. Es ist nichts in dem Ordner, dessen du dich schämen müsstest, und nichts, das dich wünschen lassen würde, das Internet wäre nie erfunden worden."

„Gut."

Er blätterte durch die Akte und zog einige Fotos hervor. Er legte sie auf den Tisch, als würde er Solitär spielen. Nur, dass jede Karte ihr Foto zeigte.

„Ich habe mit Fotos von deinen Teenager-Jahren angefangen. Deine Mutter hätte mir nur zu gern deine Babyfotos gegeben, aber Personen werden erst als Teenager wirklich interessant."

Das erste Foto war von ihr und ihren Cousins am Strand. Da sie ein Einzelkind war, hatte sie als Kind viel Zeit mit ihren Cousins und Cousinen verbracht. Sie waren gerade vom Surfen zurückgekehrt und blödelten vor der Kamera herum.

„Ich war fünfzehn auf dem Foto. Also was?"

„Du warst sechzehn. Und sieh dir deinen Gesichtsausdruck an."

„Ich lächle in die Kamera."

Er kommentierte ihre Feststellung nicht und legte einfach mehr Fotos auf den Tisch. Eines, auf dem sie surfte und der Fotograf sie genau in dem Moment erwischte, als sie aus einer Welle auftauchte und die reine Freude des Moments spürte. Das Foto ließ sie lächeln.

Es waren einige von ihren Jahren an der High-School, dann im College mit der Jennifer Aniston Frisur, den Ugg Stiefeln und engen Jeans. Einige der Fotos zeigten sie bei Partys, aber sie sah nichts, was sie dazu bringen würde, sie verbrennen zu wollen.

Hier war eines von ihr im Skiurlaub, eines mit einem Rucksack bei einer Wanderung mit anderen Studenten während der Sommerferien. Hier war das unvermeidbare Foto in Cancún. Bräune, Bikinis, Margaritas. Irgendein Junge, dessen Namen sie vergessen hatte.

Dann legte er eine weitere Reihe von Fotos auf. Und sie war wieder darauf, immer noch lächelnd. Immer lächelnd.

Im ersten Foto hielt sie mit Ted beim Grillen in irgendjemandes Garten Händchen. Sie dachte, sie war zu der Zeit schon einige Monate mit ihm zusammen gewesen.

Alle Fotos waren von ihr und Ted; beim Abendessen mit Ted und seinen Eltern, elegant gekleidet für irgendeine Gala. Beim Weihnachtsessen mit Teds Familie.

Die Verlobungsparty. Sie hob das Foto auf und sah es sich näher an. Was hatte sie sich nur dabei gedacht? Diese blonde Frau mit dem großen Finger am Ringer und einem Glas Champagner in der Hand. Jemand hatte das Foto geschossen, während Duncan Carnarvon einen Trinkspruch aussprach und sie in der Familie willkommen hieß. Sie war sich dessen nicht bewusst gewesen. Sie sah ... verwirrt aus.

„Was fällt dir auf?", fragte Nick sie. „Zwischen den Fotos vor Ted und denen nach Ted."

Sie hatte keine Ahnung, also sah sie sich die beiden Reihen von Fotos noch einmal genauer an.

Als sie nichts sagte, sprach er: „Du siehst es, nicht wahr? In den ersten Fotos bist du sorglos. Dein Lächeln ist ein echtes Lächeln. Nach Ted hast du immer dieses aufgesetzte Lächeln, das man nur für Fotos macht."

„Ich war älter."

„Du hast etwas verloren. Du hast angefangen, vorsichtig zu sein."

Sie hob das letzte Bild auf. „Das war meine Verlobungsfeier."

Sie begutachteten das Foto. „Du siehst nicht aus, als wäre es der glücklichste Tag deines Lebens."

„Ich war, ich bin immer verunsichert in der Gegenwart von Teds Vater. Und all seiner spießigen Freunde. Ich habe mich von meiner besten Seite gezeigt", gab sie zu.

„Warum hast du zu Ted ja gesagt?"

Sie stapelte die Fotos auf und gab sie ihm zurück. Er steckte sie in seinen Ordner und verschloss ihn in seinem Koffer. Sie war dankbar dafür.

„Ich glaube, weil ich mich bei ihm sicher gefühlt habe", sagte sie traurig. „Er ist groß und gutaussehend und hat mich in nette Restaurants ausgeführt und ich konnte den Pfad vor mir sehen. Er war immer der perfekte Gentleman. Das hat mir an ihm gefallen." Sie zuckte mit den Schultern. „Ich wusste, ich würde mich nie um Geld sorgen müssen. Ich werde nicht so tun, als wäre das nicht Teil davon gewesen." Aber kein sehr großer Teil.

„Er ist tatsächlich ein guter Fang."

„Vielleicht war ich auch einfach nur bereit. Ich bin achtundzwanzig. Ich will Kinder haben. Ich will nicht eine dieser Frauen sein, die wartet, bis sie vierzig ist. Ich will Kinder haben, solange ich jung genug bin, um sie zu genießen. Ich dachte, er würde ein guter Vater sein." Sie dachte weiter darüber nach, warum sie ja zu ihm gesagt hatte, nicht, dass sie sich wegen dieser Frage nicht bereits selbst fast in den Wahnsinn getrieben hätte, seit sie die Verlobung gelöst hatte. „Wir haben uns nie gestritten."

„Kein einziges Mal?"

„Nein. Wenn mir etwas wichtig genug war, hat er meist nachgegeben. Und umgekehrt. Meine Eltern haben sich ständig gestritten. Es war so friedlich in einer Beziehung zu sein, in der es keine Schreiereien gab."

„Du hast kein einziges Mal gesagt, dass du ihn geliebt hast."

Sie sah zu ihm auf. Nickte mit dem Kopf. „Ich weiß. Ich dachte, dass ich es tat. Aber du hast recht. Ich habe ihn nicht geliebt. Nicht wirklich. Nicht genug. Wenn ich ihn wirklich geliebt hätte, hätte ich die Sache, als du mich verführen wolltest, viel besser gehandhabt."

„Ja? Was hättest du getan?"

„Ich hätte unsere Eltern fortgeschickt und mich mit Ted unterhalten. Wenn wir uns wirklich geliebt hätten, hätten wir damit umgehen können."

„Willst du damit sagen ...?"

„Ich glaube, du hast mir die perfekte Ausrede geboten." Sie seufzte. „Oder vielleicht war alles in Ordnung, bis die Näherin mein Kleid verflucht hat."

„Was?"

„Stimmt. Du weißt darüber noch nicht Bescheid." Also erzählte sie ihm von dem Fluch.

„Ja, ich bleibe dabei, dass du ihn nicht geliebt hast. Das gefällt mir besser als irgendein Hokuspokus." Er zog sie an sich. „Wann ist deine Surfstunde?"

„Um halb zwei."

Er sah auf die Uhr. „Gut, dann haben wir noch Zeit."

„Zeit wofür?" Aber sie wusste es.

Er küsste sie, bis sie vor Verlangen außer Atem war, dann nahm er ihre Hand und führte sie ins Schlafzimmer.

KAPITEL 12

*D*ie Tage folgten einem bestimmten Muster. Sie schliefen bis sie aufwachten, was für Urlauber überraschend früh war. Es war, als gäbe es zu viel an einem Tag unterzubringen. Surfen, Strandspaziergänge und einfache Gespräche.

Meist wachten sie auf, entweder bei ihm oder bei ihr, und aßen zusammen Frühstück. Dann gab sie Surfunterricht und er übte Surfen. Sie spazierten am Strand, aßen in örtlichen Restaurants. Einmal fuhren sie nach San Diego und verbrachten den Tag als Touristen.

Das Leben war gut. Einfach. Er wusste, er würde nicht unbegrenzt bleiben können, aber er konnte nicht abreisen. Noch nicht. Er liebte sie jede Nacht und, wenn es überhaupt möglich war, war es jedes Mal besser als zuvor. Sie lernte ihn auch besser kennen. Sie fand heraus, was ihm gefiel, wie sie ihm Vergnügen bereiten konnte. Er liebte es, wie viel Spaß sie zusammen im Bett hatten und wie oft sie ihn zum Lachen brachte, im Bett und außerhalb des Betts.

Sie lagen nach mehreren Stunden in den Wellen nebeneinander am Strand. Er war mittlerweile so gut, dass sie ihm hie und da gute Ratschläge gab, sich aber meist heraushielt.

Die Sonne war warm und der Sand so weich wie Staubzucker.

„Weißt, was für ein Tag Freitag ist?"

Er war neben ihr halb eingeschlafen. „Nein."

„Es ist der Geburtstag meiner Mutter." Ihr Seufzer war so tief, dass Nick überrascht war, dass er keine Einbuchtung im Sand hinterließ. „Sie hat gesagt, meine Hochzeit mit Ted war das beste Geschenk, das sie sich wünschen könnte."

Er drehte sich zur Seite, um bequemer zu liegen. „Vielleicht sollte sie ihn heiraten. Er mag ältere Frauen."

„Was?"

Er riss seine Augen auf. Verdammt. Das sah ihm gar nicht ähnlich. Er war normalerweise viel besser dabei, seinen Mund zu halten. Da er ein Privatdetektiv war und so. Er fand Geheimnisse heraus. Er verriet nicht die, die er kannte.

„Nichts."

Sie wandte sich ihm zu. „Das war nicht nichts. Man sagt nicht auf eine sarkastische Art und Weise, dass ein Mann auf ältere Frauen steht und schweigt dann. Sehr verdächtig."

„Er hatte im College eine ältere Freundin", sagte er, schloss seine Augen wieder und hoffte, dass sie es dabei belassen würde.

„Nick?" Als er seinen Kopf zu ihr drehte starrte sie ihn mit einem Blick an, der darauf schließen ließ, dass dem nicht so war. Scheiße. „Du solltest es mir einfach sagen. Sonst fange ich zu raten an."

„Es gibt einen gewissen Code."

„Was für einen Code?"

„Einen unausgesprochenen, zwischen Zimmergenossen bestehenden Code."

Sie schnaubte. „Jemand hätte Sara davon erzählen sollen, bevor sie die Geschichte meines ersten und einzigen Rauschs im College verbreitete."

„Es ist ein Code unter Männern."

„Ich bitte dich. Ich habe Ted und seinen Freunden beim tratschen zugehört. Sie sind schlimmer als Frauen."

Er schüttelte den Kopf und fühlte sich zutiefst unwohl bei der Sache.

Sie rutschte näher. „Ich werde den Mann nicht heiraten. Alles, was du mir sagen kannst, damit ich mich weniger schuldig deswegen fühle, ihn kurz vor der Hochzeit sitzengelassen zu haben, wäre sehr hilfreich."

„Du hast keinen Grund, dich schuldig zu fühlen. Er hat mich angeheuert, um dich in Versuchung zu bringen."

„Ich weiß." Sie grinste ihn plötzlich an. „Und scheinbar hat es funktioniert. Komm schon. Ich will es wissen."

„Es muss zwischen uns bleiben. Verstanden?"

„Ja. Natürlich."

„Als wir im College waren, ist er immer mit gesellschaftlich hochrangigen Mädchen ausgegangen. Du weißt schon, die Art von Frau mit zwei Nachnamen, die in die Gesellschaft eingeführt wird."

„So wie ich."

Er hob einen Finger. „Darauf kommen wir gleich." Er atmete tief ein. „Also, er ging mit diesen Mädchen aus. Aber er hatte immer eine andere Frau nebenbei. Sie war immer älter, vielleicht ein bisschen vulgär. Die Art von Frau, die Ted unter den Tisch trinken konnte und eine Tätowierung oder ein Piercing hatte. Je mehr sie von der Welt gesehen hatte, desto besser."

„Du meinst, während er mit den blaublütigen Mädchen zusammen war?"

Er nickte. „Diejenige, die er am längsten behielt, war eine Stripperin."

„Eine Stripperin. Ted ist mit einer Stripperin ausgegangen?" Sie konnte nicht glauben, was sie hörte. „Wir sprechen von Edward Carnarvon?"

„Ja. Hat mich auch überrascht."

„Er war mit einer Stripperin zusammen?"

„Nicht wirklich zusammen. Es war etwas Geheimes." Er

lächelt in Gedanken. „Sie war eine interessante Frau. Sie bereitete immer ein riesiges Frühstück für uns zu. Und es hat ihr gefallen, wenn wir alles aufaßen. Wie auch immer, ich glaube, dass die Mädchen, die seine Eltern als passend erachteten, nicht passend für ihn waren."

„Teds Stripperin hat euch Frühstück gemacht? Dann muss sie ein großer Teil seines Lebens gewesen sein. Das Frühstück-Kochen hört sich beinahe intimer an als der Sex-mit-einer-Stripperin Teil."

„Sie hatten eine wirkliche Verbindung", musst er zugeben.

Sie runzelte die Stirn. „Er muss wirklich froh gewesen sein, als ich die Hochzeit absagte."

„Wenn er es war, dann ist er ein Idiot."

„Danke, glaube ich zumindest."

„Bei dir hat er es endlich richtiggemacht. Du bist das Beste von Beidem."

Sie stützte sich auf einen Ellenbogen und warf damit einen Schatten über sein Gesicht. „Du meinst, ich bin eine halbe Stripperin?"

„Als ich dich zum ersten Mal sah, habe ich gedacht, dass Ted endlich die Richtige gefunden hätte. Eine Frau, die von außen kühl und anständig wirkt, aber in ihrem Inneren heiß brennt."

„Das hört sich an wie eine Schilddrüsenerkrankung."

Er legte seine Arme um sie und ihre Augen begegneten sich. „Nein."

„Aber Ted hat mich nie so gesehen."

Er beobachtete ihr Gesicht, die Art, wie ihre Gefühle sich darauf widerspiegelten, und dann kam die Erkenntnis. „Tut er es immer noch? Sich eine heiße, ältere Frau nebenbei halten?"

„Ich wurde nicht angeheuert, um Nachforschungen über Ted anzustellen", sagte er kurz.

„Er hat es getan." Er spürte sie neben sich, nachdenklich. Wahrscheinlich fielen Dinge, die zuvor keinen Sinn ergeben hatten, jetzt alle an den richtigen Platz. „Oh, mein Gott. Die späten Squash-Spiele, die Abende, an denen er nach Hause gekommen ist und sagte, dass er von einem späten Meeting kam, obwohl ich das frische Shampoo in seinem Haar riechen konnte. Ich dachte, er hätte sich im Büro geduscht, damit er erfrischt und sauber für mich war." Sie seufzte. „Das habe ich mir zumindest eingeredet."

Als er nicht antwortete – was konnte er auch sagen – fragte sie: „Ist er immer noch mit derselben Frau zusammen? Der Stripperin?"

„Ich weiß es nicht."

„Ich bin vielleicht kein ausgebildeter Detektiv wie du, aber ich weiß trotzdem, dass du lügst. Entweder du sagst es mir jetzt gleich, oder ich werde Ted konfrontieren und ihn fragen."

Er schüttelte den Kopf. „Ich weiß es wirklich nicht. Es würde mich jedoch nicht überraschen."

Sie machte ein Geräusch, das einem Stöhnen ähnlich war. „Ich habe mich immer für eine intelligente Frau gehalten. Aber ich bin dumm. Dumm!"

„Du bist eine intelligente Frau. Aber du glaubst, dass sich der Rest der Welt an die gleichen Regeln hält wie du. Glaube mir, das tut er nicht. Du bist integer. Mach nicht den Fehler zu glauben, dass andere Leute genauso sind wie du."

„Wie Ted, zum Beispiel?"

Er zuckte mit den Schultern.

„Und was ist mit dir? Besitzt du Integrität?"

Er sah sie beständig an. „Ich versuche es. Ich weiß, dass du denkst meine Arbeit beinhaltet Täuschung, und du hast recht, aber ich versuche, mich an gewisse Regeln zu halten."

„Wie heißt sie?"

„Wer?"

Sie starrte ihn an. „Stell dich nicht dumm. Die Stripperin."

„Warum willst du das wissen?"

„Oh, mach dir keine Sorgen, ich werde sie nicht beschimpfen.

Ich würde nur gerne ihren Namen kennen, damit ich sie nicht die Stripperin nennen muss."

„Marlene."

„Marlene. Wie Dietrich."

„Wie Dietrich", stimmte er zu. Dann streckte er seinen Arm aus und legte seine Hand auf ihre, dann hob er ihre verschränkten Hände auf und legte sie auf seine Brust. „Du verdienst viel Besseres."

Sie sah ihn an, als würde sie seine Worte bezweifeln, und er wollte ihr irgendwie beweisen, dass sie die bewundernswerteste Frau der Welt war. Er wollte Drachen töten und Turniere gewinnen. Alles, was Helden tun mussten, um ihre Liebe zu beweisen. Er war sich über die Details noch nicht ganz sicher, also sah er ihr in die Augen und versuchte ihr so mitzuteilen, was er fühlte, ohne die Worte laut sagen zu müssen.

Er konnte nicht glauben, wie schnell und wie tief er ihr verfallen war.

Ihm war oft gesagt worden, dass er zu wählerisch war, zu sehr ein Playboy, um sich jemals niederzulassen. Aber die einfache Wahrheit war, dass er nie die richtige Frau kennengelernt hatte.

Bis jetzt.

Er hatte herausgefunden, dass, wenn er sich verliebte, er sich ernsthaft verliebte.

Er hatte sich in Kate Winton-Jones verliebt und hatte keine Ahnung, was er nun tun sollte. Diese Sache mit der Liebe war ihm völlig fremd, und sie war immer noch von ihrer letzten Runde verletzt und verwirrt.

Während Kate ihre Surfstunde gab, rief er in seinem Büro an. Sie arbeiteten gerade an einigen schwierigen Fällen und er wusste, er würde nicht lange fortbleiben können.

Seine Zeit neigte sich dem Ende zu.

Als er sich mit seiner Assistentin Susan unterhielt, fragte er: „Hat Edward Carnarvon angerufen?"

„Nein."

„Okay. Ruf mich an, wenn er sich meldet."

Wenn Ted die Hochzeit nicht abgesagt und sich nicht an Nick gewandt hatte, um ihn zu überreden, Kate zu finden, dann gab es nur eine andere Möglichkeit.

Er hatte einen anderen Privatdetektiv engagiert.

ER ENTDECKTE TEDS NEUEN Detektiv ein paar Tage später. Zuerst sah er einen schmuddeligen jungen Typen am Strand. Er schien in ein Buch vertieft zu sein, aber Nick bemerkte, dass er nie ins Meer ging, nicht um zu schwimmen oder zu surfen oder auch nur um im Wasser zu waten.

Entweder er hatte eine Wasserphobie, oder war der neue Privatdetektiv.

Er war sich nicht sicher, welches von beiden zutraf, bis er denselben Mann später am Nachmittag erspähte. Er saß mit Kate auf der Terrasse eines Restaurants in der Nähe des Surfshops und sie aßen Fisch-Tacos. Sie hatte ihren Unterricht beendet, ihr Haar und ihre Wimpern waren vom Salzwasser verklebt und sie strahlte vor Gesundheit und, wie er glauben wollte, vor Glück.

Sie aß ihre Tacos und griff dann, zu seinem Erstaunen, nach seinen Zwiebelringen.

Sie bemerkte nicht einmal, was sie getan hatte, und er würde es ihr nicht sagen. sie erzählte ihm eine Geschichte über einen ihrer Schüler, ihr Gesicht war belebt, lebendig, und er spürte, wie sein Herz vor Liebe anschwoll.

Was nicht ganz so angenehm war, wie er sich die Liebe immer vorgestellt hatte. Wo war das beständige Strahlen? Er hatte sich vorgestellt, dass Liebe so wie der Rausch nach dem Sex sein würde, in dem die Welt ein wunderbarer Ort und alles ein wenig besser war. Und Liebe war ein bisschen davon, aber es gab auch eine dunkle Seite, die er nicht erwartet hatte. Er machte sich Sorgen um Kate. Er wollte, dass sie sicher war, glücklich; er wollte, dass alles in ihrer Welt in Ordnung war.

Der Anblick des ungepflegten Schnüfflers, der sich ein paar Tische entfernt niederließ und einen Wrap bestellte, brachte sein Blut zum Kochen. Er hätte an seiner Stelle genau das Gleiche bestellt, da er es den Wrap mitnehmen konnte, wenn Kate das Restaurant verließ.

„Die Brandung wird in einer Stunde stark sein", sagte sie ihm. „Ich bin für heute mit dem Unterrichten fertig."

Er zögerte. Sollte er von dem Detektiv erzählen, der jede ihrer Bewegungen beobachtete? Und zweifellos sogar jetzt Fotos von ihr und Nick machte?

Sie sah seinen Gesichtsausdruck und neckte ihn. „Was? Hast du Angst, dass du von deinem Surfbrett fallen wirst, Seattle-Boy?"

„Nicht, wenn meine Lehrerin gut ist."

„Okay, Herausforderung angenommen. Lass uns gehen."

Sie sprang auf und legte genug Bargeld auf den Tisch, um das Essen zu bezahlen.

Als sie das Restaurant verließen, bemerkte er, dass der ungepflegte Detektiv auch Geld auf den Tisch warf und seinen Wrap einpackte.

Sie surften eine Stunde lang. Er wurde langsam besser und Kate hatte beschlossen, dass er jetzt gut genug wäre, um ins tiefere Wasser zu gehen, ohne sich selbst oder einen anderen Surfer dabei zu gefährden. Hohes Lob von Kate.

Er entdeckte, dass nichts dem Gefühl glich, wenn man eine Welle richtig erwischte. Wenn man den Moment richtig einschätzte und sich davontragen ließ, auf die Füße sprang und genau in dem Moment zum Stehen kam, in dem die Welle einen aufhob, wie ein Kellner, der ein Tablett durch ein geschäftiges Restaurant trug.

Er musste noch viel lernen, und da er immer noch öfter abgeworfen wurde als nicht und jedes Mal wieder ins tiefere Wasser hinauspaddeln musste, um auf die nächste Welle zu warten, war es ziemlich anstrengend. Aber er genoss jede Minute davon, besonders, da er mit der heißesten Surflehrerin der Welt zusammen war.

Einmal erwischte er eine Welle und Kate erwischte die darauffolgende und sie landeten zusammen lachend am Strand. „Das war unglaublich!", rief sie.

Er wollte sie so sehr an sich ziehen und küssen, dass sein ganzer Körper vor Verlangen schmerzte, aber er wusste, dass Mister Ungepflegt in der Nähe war und Fotos machte und er wollte ihm keine Informationen liefern, die Kate schlecht aussehen lassen könnten. Bis jetzt hatte der Schnüffler nur gesehen, wie sie zusammen gegessen und gesurft hatten. Solange Ted nicht die Fotos sah und ihn erkannte, war er einfach nur ein weiterer Schüler.

Selbst wenn Ted sich die Fotos ansah gab es dahinter keine Geschichte. Sie aßen zusammen, sie surften zusammen. Na und?

Sie machten eine kurze Pause und ein junges Paar spazierte Händchen haltend vorbei. Ihre blasse Haut ließ darauf schließen, dass sie auf Urlaub waren.

Die Frau kam auf sie zu. „Entschuldigung, würden Sie bitte ein Foto von uns machen?"

„Gerne."

Er stand auf und schoss ein paar Fotos von den beiden, die sich lächelnd aneinanderschmiegten.

Als er ihnen das Handy zurückgab, sagte sie: „Danke. Soll ich eines von Ihnen machen?"

„Ja", sagte er. „Das wäre toll."

Kate rappelte sich auf die Beine und er legte einen Arm um sie. Er gab der Frau sein Smartphone und sie schoss ein paar Fotos.

Sie verabschiedeten sich und Kate und er machten sich auf den Weg zurück in die Brandung.

Sie ritten Wellen durch den Sonnenuntergang und er dachte, dass er das Bild von Kates Silhouette gegen den Schein der untergehenden Sonne für immer mit sich tragen würde.

Als die Sonne untergegangen war verschwanden auch die Wellen. Sie gingen aus dem Wasser, holten ihre Sachen und gingen den Strand entlang. Er trug sein Brett endlich wie ein richtiger Surfer. Sie sagte: „Willst du zu mir kommen?"

Er zögerte und beschloss dann, ihr die Wahrheit zu sagen. „Das würde ich wirklich gern, aber ich glaube, dass dir jemand folgt."

„Ich weiß. Der Typ mit dem Bart und den hässlichen Badehosen?"

„Ja. Woher weißt du das?"

Sie hob ihre Augenbraue. „Er ist nicht der erste Privatdetektiv, der mir gefolgt ist. Außerdem hat er mich vorher wegen Surfstunden gefragt. Aber seine Fragen sind mir verdächtig erschienen. Und dann habe ich ihn im Restaurant wiedergesehen."

„Er ist ein ziemlich schlechter Detektiv."

Sie knurrte verärgert. „Oder ich bin eine sehr intelligente Frau."

Er grinste sie an. „Also gut, das ist es. Jedenfalls ist es wahrscheinlich besser, wenn wir uns unter dem Radar bewegen."

„Warum?"

„Weil er wahrscheinlich jetzt gerade seinen Bericht abliefert."

„Gut. Das ist ausgezeichnet. Er kann mich mit jemandem beobachten, dem ich offensichtlich nahestehe. Ich hoffe, er erzählt es Ted."

Er spürte einen gewissen Nervenkitzel – wahrscheinlich nicht sein ehrenwertester Moment – bei dem Gefühl, den kostbarsten Preis gewonnen zu haben, als er das Herz dieser Frau erobert hatte.

Aber hatte er das wirklich?

Sie hatte ihm nicht gesagt, dass sie in ihn verliebt war. Sie hatte ihm gesagt, dass sie, indem sie mit ihm schlief, nein zu Ted sagte. Was sich nicht unbedingt in ein Ja zu ihm übersetzen ließ.

„Also gut. Ich gehe mit dir nach Hause."

„Denkst du, dass er uns im Dunkeln sehen kann?", fragte sie sanft.

„Das hängt von seiner Ausrüstung ab. Wahrscheinlich."

„Gut." Und dann lehnte sie sich zu ihm und küsste ihn.

KAPITEL 13

*A*ls sie in ihrer Wohnung ankamen, schien sie völlig unberührt von der Tatsache zu sein, dass ihr ein Detektiv folgte. In der Tat schien sie glücklich darüber zu sein.

„Warum machst du uns nicht eine Flasche Wein auf? Ich koche uns schnell Spaghetti."

„Gerne. Kann ich dir helfen?"

„Klar. Nachdem du den Wein aufgemacht hast, kannst du uns zwei Gläser davon einschenken."

„Klugscheißerin." Er schubste sie, als er hinter ihr vorbeiging, um den Wein zu holen.

„Du bist ziemlich angespannt. Ist es seltsam, derjenige zu sein, dem nachspioniert wird? Ein Rollentausch, sozusagen."

„Nun ja, außer, dass ich wahrscheinlich keine weiteren Aufträge von der Familie Carnarvon erwarten kann, habe ich dieses unangenehme Gefühl, dich beschützen zu wollen." Er kam sich seltsam vor, das auch nur laut auszusprechen.

„Mich wovor beschützen?", fragte sie sanft.

Er schüttelte den Kopf. „Ich habe keine Ahnung."

„Ich kann selbst auf mich aufpassen."

„Warum lässt du nicht mich auf dich aufpassen?" Die Worte

rutschten so schnell heraus und hallten in der erschrockenen Stille wider, so dass er sie nicht zurücknehmen konnte.

„Dich auf mich aufpassen lassen?", fragte sie und schickte die Worte wieder in den Raum wie ein schlecht retourniertes Service.

„Das ist überhaupt nicht, was ich sagen wollte." Er zog den Korken aus der Flasche und schenkte ein, beobachtete, wie der rubinrote Wein in die Gläser floss.

„Was wolltest du sagen?"

Er reichte ihr ein Glas. Der Geruch von brutzelndem Knoblauch breitete sich in der Küche aus. Sie hörte mit dem Schneiden der Pilze auf, um das Glas entgegenzunehmen, aber ihre Augen blieben auf sein Gesicht gerichtet.

„Ich bin schrecklich bei diesen Dingen, aber ich muss mit dir reden."

„Okay."

„Ich bin seit über eine Woche nicht mehr im Büro gewesen. Ich wünschte, ich könnte hierbleiben. Vielleicht für immer, aber ich kann nicht. Ich habe einen Job, Leute, die von mir abhängig sind."

„Okay, was hält dich davon ab, zurückzufahren?"

Hatte sie ihren Verstand verloren? „Du, Kate. Ich bin dabei, mich in dich zu verlieben." Tatsächlich hatte er sich verliebt. Irgendwann in den letzten paar Tagen hatte er sich so sehr verliebt, dass ihm schwindlig war. Deshalb konnte er ihr die Dinge, die er ihr sagen wollte, nicht auf eine Art und Weise sagen, die sie verstehen würde.

„Ich habe mich gerade erst aus einer Verlobung gelöst", sagte sie mit unentschlossener Stimme.

„Ich weiß", sagte er kläglich. „Das Timing stinkt. Andererseits hätte ich dich nie kennengelernt, wenn du nicht verlobt gewesen wärst."

„Seltsame Logik, aber okay."

„Komm mit mir nach Seattle."

Sie war überrascht, stellte ihr Weinglas auf den Tisch. Dann hob sie es wieder auf und trank einen riesigen Schluck.

Er ging zum Herd und schob die Pfanne zur Seite, bevor der Knoblauch anbrannte.

„Mit dir nach Seattle kommen?", wiederholte sie.

„Ja. Ich will dir meine Stadt zeigen, dich meinen Freunden vorstellen." Er fuhr mit seiner freien Hand durch ihr Haar. „Zeit mit dir verbringen." Er sah tief in ihre Augen und bemerkte etwas wie Panik darin. „Mit dir zusammen sein."

„In Seattle regnet es immer."

„Nicht immer." Er versuchte die Atmosphäre aufzulockern und sagte: „Fünfzig von zweiundfünfzig Wochen ist nicht immer."

„Und man kann nicht surfen."

„Man kann sehr wohl surfen." Er nippte an seinem Wein. „Man muss nur ganzjährig einen Neoprenanzug tragen."

„Meine Freunde sind hier. Meine Familie ist hier."

„In Seattle gibt es genauso viele Mädchen, die Hilfe brauchen, wie in L.A." Wahrscheinlich. „Du könntest wirklich Gutes vollbringen. Und für alles andere ist es nur ein einstündiger Flug. Ein paar Stunden Autofahrt."

Er dachte schnell nach, da er ein Mann war, der gerne Probleme löste, indem er sie von allen Perspektiven aus betrachtete.

„Oder ich könnte umziehen. Eine Filiale in L.A. eröffnen." Er grinste. „Es gibt mindestens genauso viele Betrüger, Schwindler und Lügner in L.A. wie in Seattle."

„Du würdest umziehen? Für mich?"

Er lächelte sie schief an. „Es gibt nicht viel, was ich nicht für dich tun würde, Kate."

Sie nahm ihren Wein mit sich in den Wohnbereich und setzte sich. Er folgte ihr. Aus irgendeinem Grund setzte er sich nicht neben sie. Er setzte sich ihr gegenüber, damit er ihr Gesicht beobachten konnte. Sein Magen verkrampfte sich.

„Ich dachte, du würdest nur ein kurzes Liebesabenteuer sein", sagte sie langsam. „Mein Übergangsmann."

„Du bist nicht der Typ für Liebesabenteuer."

„Ich versuche mich zu ändern." Sie starrte ihn an, als hätte er die Regeln mitten im Spiel geändert. „Du bist der Typ für Liebesabenteuer. Deswegen warst du perfekt."

„Kate, ich liebe dich." Und so furchterregend sich diese Worte auch anhörten, er fühlte sich besser, nachdem er sie ausgesprochen hatte, ehrlich gewesen war.

„Nein." Die Worte schienen sie in Panik versetzt zu haben. „NEIN. Das tust du nicht. Das kannst du nicht."

„Natürlich kann ich es." Warum stritt er sich darüber, ob er sie liebte oder nicht? „Das ist lächerlich."

„Liebe ist nicht so. Liebe ist nicht Spaß zu haben und surfen zu gehen und Fisch-Tacos am Strand zu essen und immer und überall Sex zu haben."

„Natürlich ist es das. Liebe ist, was auch immer zwei Menschen daraus machen." Was von seiner Perspektive aus ein unwahrscheinliches Geschenk war.

„Nein. Bei der Liebe geht es um die Zukunft. Darum, eine Familie zu planen und Teil von etwas zu sein, das größer ist als du selbst. Liebe wirft dich nicht um wie eine große Welle, die du nicht gesehen hast."

„Wenn du das wirklich glaubst, dann solltest du Ted vielleicht doch heiraten."

„Das ist nicht fair."

„Wirklich nicht? Was machst du da, Kate?"

„Ich gehe am Strand spazieren. Ich gebe Surfunterricht." Sie hielt inne und sah auf ihren Wein. „Ich lasse meine Wunden verheilen."

Sie war so verwundbar und er verabscheute es, sie zu drängen, wenn sie sich so quälte, aber schien sich nicht davon abhalten zu können. Er hatte das Gefühl, dass nicht nur seine Zukunft auf dem Spiel stand, sondern auch ihre.

„Das verstehe ich. Wirklich. Aber dann was? Was wirst du mit deinem Leben anstellen?"

„Ich weiß es nicht."

„Ich habe noch eine Frage für dich. Was wirst du tun, wenn du nicht mehr davonläufst?"

Bei dieser Frage riss sie ihren Kopf hoch. Aber sie bestritt es nicht. Es war, als würde sie in dem Moment akzeptieren, dass sie vor etwas davonlief.

„Ich werde es dir sagen, wenn ich es herausfinde", sagte sie ruhig.

Und plötzlich, wie aus dem Nichts, wurde er wütend. Er zog sein Handy aus der Hosentasche und suchte nach dem Foto, dass das Urlaub machende Pärchen von ihm und Kate am Strand geschossen hatte. Er hielt ihr das Bild ins Gesicht. „Schau. Siehst du dein Gesicht? Siehst du so aus wie auf den Fotos mit Ted bei diesen schrecklichen Veranstaltungen, zu denen er dich geschleppt hat? Oder siehst du aus wie die wahre Kate, die Frau, die vor Lebensfreude leuchtet?" Tatsächlich dachte er nicht, dass sie wie irgendeine der Frauen in seiner Akte aussah. Er mochte ein arrogantes Arschloch sein, aber wenn er sich diese Frau ansah, die ihm von seinem Smartphone entgegenlächelte, sah er eine Frau, die verliebt war. Und neben ihr stand ein Idiot, der verrückt nach ihr war. „Ich liebe dich. Bedeutet dir das denn gar nichts?"

„Natürlich tut es das." Sie schob sein Handy von sich, als würde sie nicht auf das Bild von ihnen, auf dem sie zusammen am Strand lachten, sehen wollen. „Ich fühle mich geehrt. Und ich bin dankbar. Aber ich weiß nicht wirklich, was ich sagen soll. Ich habe mich gerade aus einer Verlobung gelöst. Ich bin noch nicht für etwas Ernstes bereit."

Er wurde nicht sehr oft wütend. Meistens schien es nicht hilfreich zu sein. Wütend zu sein bedeutete, die Kontrolle zu verlieren, Dinge zu sagen und zu tun, die man später wahrscheinlich bereute. Aber jetzt konnte er die Kontrolle nicht finden, auf die er sich sonst immer verlassen konnte. Er hatte diese Worte noch nie zuvor zu einer Frau gesagt. Und als er endlich dieses magische Gefühl spürte, endlich die Frau gefunden hatte, die ihn an die Liebe glauben ließ, wollte sie nichts davon wissen.

„Bist du sicher, dass du dich aus deiner Verlobung gelöst hast?", zischte er.

„Bis du die letzte Woche nicht hier gewesen?"

„Ja, du hast mit mir geschlafen. Na und? Du bist bestimmt nicht die erste Frau, die ein Liebesabenteuer haben will, bevor sie heiratet."

Ihr Gesicht wurde knallrot, dann weiß. „Das ist nicht fair."

Nein, das war es nicht und er kam sich wie ein Arsch vor. Aber sie war auch nicht fair gewesen. „Zeig mir etwas, was du getan hast, um die Hochzeit abzusagen."

Sie stand auf. Er dachte, sie würde ihm ihren Wein ins Gesicht kippen, aber dramatische Gesten waren nicht ihre Sache. „Ich habe ihm seinen Ring zurückgegeben. Ich habe ihm gesagt, dass die Hochzeit nicht stattfinden wird. Und ich habe die Stadt verlassen."

„Wie vielen Leuten hast du davon erzählt?"

„Ich bin nicht ..."

„Den Brautjungfern? Ich wette, sie würden gerne Bescheid darüber wissen, dass sie plötzlich einen unerwarteten freien Samstag haben. Hast du es ihnen gesagt?"

Sie ließ den Kopf hängen. „Nein. Aber ich bin noch nicht bereit, ihnen gegenüber ..."

„Was ist mit deinen sozialen Netzwerk-Seiten? Hast du sie aktualisiert?"

„Nein."

„Die Kirche, der Caterer, Florist, Fotograf, nenn mir irgendetwas oder irgendwen, dem du abgesagt hast."

Sie warf ihre Hände in die Luft. „Es liegt nicht an mir. Ich habe keine dieser Leute angeheuert."

„Was ist mit deinen Freunden, den Leuten, die in diesem

Moment Webseiten durchsuchen, um etwas auf der Geschenke-
liste zu finden, was sowohl noch verfügbar, als auch erschwing-
lich ist. Die versuchen, sich zwischen den versilberten
Gurkengäbelchen und dem vergoldeten Nussknacker zu
entscheiden, weil der Himmel weiß, dass alles, was eine normale
Person sich wünschen würde, bestimmt schon von der Liste
gestrichen wurde! Hast du deinen Freunden gesagt, dass sie ihre
Zeit und ihr Geld nicht länger verschwenden müssen?"

„Nein", schrie sie. „Also gut! Ich habe es niemandem gesagt."

Er nahm seine Schuhe und zog sie an. „Dann lass mich
wissen, wenn du es getan hast."

„Nick, bitte. Es ist nicht so einfach."

„Oh, ich denke, dass es das ist. Ich denke es ist ganz einfach.
Entweder du heiratest jemanden oder nicht. Und wenn nicht,
dann ist es nur grundlegende Höflichkeit, seinen Gästen und den
Caterern und all den anderen Leuten, die miteinbezogen sind,
mitzuteilen, dass es keine Hochzeit geben wird." Seine Stimme
wurde lauter, was ihn noch wütender machte.

„Du gehst?" Ihre Augen waren groß und blau und verwirrt,
was er verstand, aber nicht ändern konnte. Er hatte ihn seit
Tagen gestört, dass sie noch nichts Konkretes unternommen
hatte, um zu bestätigen, dass sie Ted wirklich nicht heiraten
würde. Das Einzige, was sie tat, war, sich zu verstecken, und er
fragte sich langsam, vor wem sie sich wirklich verstecken wollte.

„Ja." Er wusste nicht, was er sagen oder tun sollte. Er liebte sie
und wünschte sich nichts mehr, als seine Worte zurücknehmen
und wieder zu ihrer angenehmen Intimität zurückkehren zu
können. Aber er konnte es nicht länger tun. Er hatte ihr seine
Liebe geoffenbart, nicht sehr eloquent, aber er hatte es getan und
sie hatte offensichtlich nicht dieselben Gefühle für ihn. Es war
nicht ihre Schuld, aber er war sehr verletzt. „Ich muss nach
Seattle zurück. Ich habe Fälle zu bearbeiten und Mitarbeiter, die
meine Führung brauchen. Es war toll. Tut mir leid, dass wir es so
beenden müssen."

„Was ist mit dem Abendessen?"

„Mir ist der Appetit vergangen."

„Wann fährst du los?" Ihre Stimme wurde lauter und er dachte, einen Hauch von Panik darin wahrzunehmen.

„Morgen. Ich werde einen Flug buchen, sobald ich in meinem Apartment ankomme."

Als er die Tür erreichte, sagte sie: „Nick."

Er drehte sich um. „Ja?"

Ihre Augen glitzerten von ungeweinten Tränen. „Es tut mir leid."

Wie konnte er nur böse auf sie bleiben? Er hatte gewusst, dass sie eine loyale Frau war. Sie war verlobt gewesen. Wie dumm von ihm, geglaubt zu haben, dass sie sich in ihn verlieben würde, nur weil er sich in sie verliebt hatte.

Das Leben folgte diesen Regeln nicht. Es war ein großer Scherzbold, der dir das Paradies anbot, nur um dir dann den Boden unter den Füßen wegzuziehen.

Er ging zu ihr und nahm sie in die Arme. Er versuchte, seine Stimme sanfter klingen zu lassen. „Es ist nicht deine Schuld." Er küsste sie ein letztes Mal. Er schmeckte ihre Süße, fühlte, wie sie sich einen Moment lang an ihm festhielt, und dann zog er sich langsam zurück und ging.

Dieses Mal hielt sie ihn nicht auf.

KAPITEL 14

*K*ate beobachtete durch die Fenster an der Vorderseite der Wohnung, wie Nick die Treppe hinunterstieg und dann in die entgegengesetzte Richtung von seinem derzeitigen Apartment den Gehsteig entlangging. Sie betrachtete seine langbeinigen Schritte und fühlte sich mit jedem seiner Schritte verlassener und verwirrter.

Sie war nicht die Einzige, die seine Bewegungen beobachtete. Während des jüngsten gefühlsmäßigen Dramas hatte sie den Privatdetektiven beinahe vergessen, aber dort war er und saß in einem geparkten Auto auf der gegenüberliegenden Straßenseite. Einem beigen, unauffälligen Auto.

Sie beobachtete Nick, bis er um die Ecke gebogen war. Sie zögerte, dachte über alles nach, was er ihr gesagt hatte. Nick liebte sie?

Wie konnte er sich so schnell verliebt haben? Man verliebte sich nicht innerhalb weniger Tage. Es war verrückt. Liebe wuchs langsam, im Laufe der Zeit, während man lernte, die guten Qualitäten der anderen Person zu schätzen und Teil des Lebens und der Interessen des anderen wird, während man sein eigenes Leben und seine Interessen mit der Person teilt.

Sie stand am Fenster und sah auf das endlose Meer hinaus, auf das Licht des Monds, das auf der Oberfläche des Wassers tanzte. Sie kannte Ted seit drei Jahren. Und doch, wenn Nick recht hatte, hatte er die ganze Zeit über mit einer anderen Frau geschlafen. Ted hatte sie in seine Interessen und eindeutig in seine Familie eingeführt, was sie als Zeichen von Intimität interpretiert hatte. Nun wurde ihr bewusst, dass alles nur Show gewesen war. Er hatte die Zustimmung seiner Familie gesucht, während er eine andere Frau versteckte.

Wieviel Interesse hatte er wirklich an ihrem Leben gezeigt? Sie hatte sich selbst in die Falle der gefälligen Frau begeben?

Und dann war Nick aufgetaucht.

Sie hatte nicht versucht, Nick zu gefallen. Wahrscheinlich, weil er bei ihrem ersten Treffen darauf bestanden hatte, dass sie ihr wahres Ich zeigte. Sie hatte das Gefühl, dass er der erste Mann war, der sie je als die Frau gesehen hatte, die sie wirklich war, anstatt der Version, die sie über so lange Zeit der Welt präsentiert hatte.

Nachdem sie herausgefunden hatte, dass er angeheuert worden war, um sie zu verführen, war sie ihm feindselig gegenübergetreten, als er in Carlsbad angekommen war. Und doch konnte sie niemand anderer als sie selbst sein.

Er hatte sie in ihrer schlimmsten Verfassung gesehen. Mit gebrochenem Herzen, wütend, ohne Makeup und mit vom Salzwasser klebrigem Haar. Er war ihm egal gewesen. Er sagte, er hätte sich in sie verliebt.

Aber was war mit ihr?

Dieses Gefühl der völligen Freiheit, das sie in den letzten Tagen erlebt hatte, war überraschend gewesen. Sie hatte angenommen, dass sie sich nur so gefühlt hatte, weil sie eine Pause von ihrem wahren Leben machte. Nick war ein Spieler. Ein spaßliebender, aufregender, sexy Mann, der ihr in einer Woche mehr Vergnügen bereitet hatte, als sie in ihrem gesamten Leben erlebt hatte. Aber das war nicht Liebe.

136

Oder?

Nick war um die Ecke gebogen und aus ihrem Blickfeld verschwunden.

Ihre letzte Frage hallte immer noch in ihrem Kopf wider. Was genau war ihr Plan?

Was würde sie tun?

In all dem Spielen und Surfen und Feiern ihrer Freiheit hatte sie Eines nicht getan, nämlich sich aktiv darum zu kümmern, dass die Hochzeit abgesagt wurde. Nick hatte recht. Sie hatte kein Update auf Facebook gepostet; sie hatte keine ihrer Freunde angerufen. Außer Lissa wusste niemand Bescheid. Sie hatte es Teds Familie und ihrer Mutter überlassen, sich um alles zu kümmern und ihre Gäste zu informieren, dass die Hochzeit nicht stattfinden würde, aber soweit sie wusste, hatte das noch niemand getan.

Und jetzt saß ein Privatdetektiv vor ihrer Wohnung, ein Schnüffler, der den Carnarvons Bericht erstatten würde, was so ziemlich garantierte, dass sie ihre Freiheit in diesem Paradies nicht mehr lange genießen können würde.

Was sollte sie tun?

Einpacken und wieder verschwinden? Sich aus der Hintertür schleichen und losfahren?

Nein. Nick hatte recht. Sie war bereits davongelaufen.

Und nun versteckte sie sich wie ein Feigling.

Vielleicht war es an der Zeit, beides zu beenden.

Der Detektiv saß immer noch vor ihrem Gebäude und wartete zweifellos darauf, dass Nick zurückkehrte. „Da wirst du lange warten müssen, mein Freund", sagte sie, als könnte er sie hören.

Dann schnappte sie sich ihre Strandschuhe und schob ihre Füße hinein. Sie verließ ihre Wohnung und ging die Treppe hinunter. Der Kerl im Auto griff nach seinem Handy, als wäre er gerade stehengeblieben, um einen Anruf zu tätigen oder die Wegbeschreibung anzusehen.

Erbärmlich.

Nick sollte dem Kerl wirklich einige Ratschläge geben.

Sie überquerte die Straße. Er richtete seinen Blick auf sie und sie beobachtete, wie seine Augen sich leicht weiteten, als sie direkt auf sein Auto zukam und auf das Fenster klopfte.

Es gab eine kurze Pause, bevor er versuchte, das Fenster zu öffnen. Es waren allerdings elektrische Fenster und nichts passierte. Er sah eine Sekunde lang wie ein Idiot aus, dann drehte er den Schlüssel um, damit das elektronische System eingeschaltet wurde. Dieses Mal, als er auf den Knopf drückte, öffnete sich das Fenster der Fahrerseite.

Er sah sie an, als wäre er nicht sicher, ob sie ein Freund, Feind oder einfach eine verrückte Person war. „Kann ich Ihnen helfen?"

„Ich glaube, ich kann Ihnen helfen", sagte sie.

Ein Moment verging. „Wie?"

„Dieser Job neigt sich dem Ende zu. Sie haben mich gefunden, den Carnarvons Bericht erstattet. Sie können Ihnen übrigens mitteilen, dass sie nicht hierherkommen brauchen. Ich werde morgen zurückfahren."

Er sagte nichts und starrte sie einfach an. Einige leere Kaffeebecher lagen auf dem Sitz neben ihm, zusammen mit einem Fernglas und einer Kamera.

„Aber die gute Nachricht ist, dass ich Sie beauftragen möchte."

Er blinzelte sie an. „Sie wollen mich beauftragen, um was zu tun?"

„Um Ted Carnarvon zu folgen. Ich will alles über eine Frau namens Marlene herausfinden, mit der er sich heimlich trifft."

„Sollte ich tatsächlich für die Carnarvons arbeiten, und ich sage nicht, dass ich es tue, dann könnte ich ihren Auftrag nicht annehmen. Es wäre ein Interessenskonflikt."

„Erstens haben Sie keinen langfristigen Vertrag mit der Familie, und ich kann Ihnen garantieren, dass Sie nie wieder einen Auftrag von ihnen bekommen werden. Dafür heuern sie eine große Firma an. Sie wurden nur angestellt, um die Sache geheim zu halten. Glauben Sie mir, ich weiß, wovon ich spreche. Ich habe beinahe in die Familie eingeheiratet. Ich biete ihnen ein paar Tage Arbeit mit einem Bonus an, wenn Sie mir innerhalb von achtundvierzig Stunden Bericht erstatten können."

„Achtundvierzig Stunden?"

„Ja. Sie sollten sich besser aus dem Staub machen."

„Ich kann nicht ..."

Sie konnte sein Dilemma gut verstehen. Soweit er erkennen konnte, trickste sie ihn aus.

„Rufen Sie sie an. Rufen Sie sie jetzt gleich an. Sagen Sie ihnen, dass sie mich sagen gehört haben, dass ich morgen wieder nach L.A. zurückfahre und fragen Sie, was sie als Nächstes tun sollen."

Er dachte über ihre Worte nach, als befürchtete er, dass sie ihn immer noch zu hintergehen versuchte, aber dann, nachdem ihm offensichtlich klargeworden war, dass sein derzeitiger Job in dem Moment den Bach hinuntergegangen war, als sie an seinem Fenster angeklopft hatte, stimmte er zu.

Zuerst schloss er allerdings das Fenster. Als wäre es ein großes Geheimnis, wen er anrief.

Das Gespräch war nicht sehr lang.

Er beendete den Anruf und öffnete das Fenster trotzdem nicht sofort. Sie gab ihm Zeit. Es würde ihr nicht wirklich etwas ausmachen, sollte er ihr Jobangebot ablehnen. Sie konnte leicht einen anderen Detektiv finden.

Sie wusste, dass der erste Teil des Planes, nämlich Ted wiederzusehen, wichtig für den Rest ihres Lebens sein würde. Sie hatte ihre Verlobung mit der Würde eines wutentbrannten Kleinkindes gelöst. Nicht, dass ihre Wut nicht gerechtfertigt gewesen wäre, aber sie wollte ihre Verlobung ein für alle Mal mit zumindest ein bisschen Würde beenden.

Und sie wollte die ganze Sache abschließen.

Das Fenster öffnete sich innerhalb von einer Minute. „Das ist mein Honorar", sagte er. „Die erste Hälfte ist jetzt fällig, der Rest, wenn ich den Auftrag erledigt habe."

„Sie sind angeheuert."

Er war immer noch misstrauisch. „Sie fahren wirklich morgen zurück?"

„Ich fahre wirklich morgen zurück. Warum folgen Sie mir nicht bis nach L.A., damit Sie sich nicht verirren?"

LISSAS ROSTHAUFEN HATTE SICH NICHT plötzlich in ein modernes, schnelles Rennauto verwandelt, während es auf dem Parkplatz vor Kates Wohnung gestanden hatte. Ganz im Gegenteil, es schien noch mehr schlechte Gewohnheiten entwickelt zu haben. Das Auto war noch temperamentvoller, als sie es in Erinnerung hatte.

Es waren weniger als zwei Wochen vergangen, seitdem sie abgehauen war, seitdem sie sich vor Sonnenaufgang aus ihrer Wohnung geschlichen und auf die Autobahn begeben hatte. Kilometer um Kilometer hatte sich der Schock in Wut verwandelt und dann, endlich, in Trauer.

Sie war immer noch wütend, aber der Schock war vergangen und seit Nick angekommen war, hatte sie ihre Trauer völlig vergessen.

Sie akzeptierte, dass es noch eine gewisse Traurigkeit gab. Ihr Leben hatte als klarer Pfad vor ihr gelegen, so dass sie nach vorn blicken und Meilensteine sehen konnte. Sie würden heiraten, ein Haus, das den Carnarvon Vorstellungen von klein entsprach, kaufen. Teds Karriere würde aufblühen. Sie würde weiterhin Förderungen für wohltätige Zwecke beschaffen, an die sie glaubte. Sie würden Kinder haben.

Vielleicht würden sie in ein größeres Haus ziehen, ihre Kinder auf dieselben Schulen schicken, die Carnarvon-Kinder besucht hatten, seit sie von der Mayflower gestiegen waren. Sie würden Empfänge für Teds Klienten veranstalten. Sie hatte sogar versprochen, mit dem Golfspiel anzufangen.

Golf!

Jetzt fühlte sie sich, als wäre ein großer Baum auf ihren Pfad gefallen. Oder vielleicht war ein Meteor vor ihr auf der Erde eingeschlagen und hatte dadurch ihren deutlich vorgezeichneten Weg zerstört. Sie vermutete, dass sie sich ihren eigenen Weg durch die Büsche ihrer Zukunft schlagen müsste. Und plötzlich erlebte sie eine Art Nervenkitzel, als ihr bewusstwurde, dass sie sich mehr auf dieses neue Leben freute, das sie langsam vor sich erkennen konnte, als auf ihr vorheriges.

Als sie in die äußeren Bezirke von L.A. kam und der unvermeidliche Verkehr ihr Tempo verlangsamte, fühlte sie sich wie eine andere Frau. Obwohl sie die ganze Woche über Sonnencreme verwendet hatte, hatte sie die Sonne während ihrer Zeit am Strand doch ein bisschen gebräunt. Die Sonne hatte ihr kurzes Haar zu einem leuchtenderen Blond gebleicht, und ihre Muskeln fühlten sich nach all dem Surfen stark und geschmeidig an.

Wie sie ihren Schülern immer sagte, brauchte man zum Surfen viel Muskelkraft. Sie fühlte sich viel stärker als noch vor einer Woche.

Sie rief Lissa an. Die Rostschüssel war natürlich nicht mit Bluetooth ausgestattet, also hielt sie an, um sich zu strecken und den Anruf zu tätigen.

„Ich bin zurück."

„Höchste Zeit. Ich habe dich vermisst."

„Ich habe dich auch vermisst." Das hatte sie tatsächlich. „Darf ich dein Auto noch ein oder zwei Tage behalten? Und danach gehen wir zusammen aus?"

Ein rauchiges Kichern antwortete ihr. „Du wirst meine Finger mit Gewalt vom Lenkrad reißen müssen, um dein Auto wiederzubekommen."

„Dann bleibt es also bei unserem Deal."

Es war früher Nachmittag, als sie in ihre Parkgarage fuhr. Lissas Rostschüssel zwischen den BMWs und Mercedes zu parken erheiterte sie ungemein. Sie schleppte ihre Tasche zu ihrer Wohnung, duschte sich und zog sich ihre besten Jeans und eine Bluse an. Sie trug sorgfältig ihr Makeup auf und als sie sich ein letztes, kritisches Mal im Spiegel ansah wurde ihr bewusst, dass ihr ihr neuer Look gefiel. Sie hatte ein bisschen zugenommen. Sie wirkte entspannter, freundlicher und eindeutig gesünder.

Alles würde gutgehen, sagte sie sich.

Sie machte eine Liste von Dingen, die sie erledigen musste. Nick hatte so recht gehabt. Sie hatte Ted, seinen Eltern und ihrer Mutter gesagt, dass sie ihn nicht heiraten würde. Abgesehen davon hatte sie es nur Lissa und Nick erzählt. Es war an der Zeit, dass sie die Sache anpackte und damit anfing, Absagen zu verschicken. Sie musste ihren Freunden erklären, was los war. Und sie musste sich einen neuen Job suchen. Und wahrscheinlich eine billigere Wohnung.

Sie fing damit an, Listen zu machen. Listen gaben ihr Fokus und etwas, was sie abhaken konnte, um zu sehen, welche Fortschritte sie machte.

Weniger als achtundvierzig Stunden, nachdem sie ihn beauftragt hatte, rief ihr Privatdetektiv sie mit den Informationen, die sie gewollt hatte, an. „Ich habe eine Adresse", sagte er. „Und Fotos."

Sie schüttelte den Kopf, obwohl er sie nicht sehen konnte. „Ich brauche nur die Adresse."

Als sie alleine ins Bett ging fühlte sie sich wie verlassen. Aber es war nicht Ted, den sie vermisste, es war Nick. In der kurzen Zeit, die sie zusammen verbracht hatten, war er viel wichtiger für ihr Glück geworden, als Ted es je gewesen war.

Aber sie konnte es ihm nicht sagen. Noch nicht. Zuerst musste sie einige Dinge erledigen.

KAPITEL 15

*D*er nächste Tag war ein Dienstag. Und Ted arbeitete dienstags meistens bis spät in die Nacht. Sie beschäftigte sich irgendwie bis zum späten Nachmittag, dann ging sie durch ihre Wohnung und packte einige Dinge in eine Schachtel. Sie ging hinunter in die Parkgarage und setzte sich ein weiteres Mal hinter das Lenkrad von Lissas Rostlaube.

Als sie die Garage verließ, setzte sie ihre große, dunkle Brille auf. Dann fuhr sie zu Teds Bürogebäude, fand einen Parkplatz auf der gegenüberliegenden Straßenseite und wartete im Auto.

Ted war ein Gewohnheitstier. Er speiste sonntags mit seinen Eltern zu Abend, er aß jeden Tag in einem der kleinen Restaurants in der Nähe seines Büros, er spielte montags und mittwochs nach der Arbeit immer Squash und er hatte ihr oft gesagt, dass er dienstags bis spät in die Nacht arbeitete.

Sie wusste wo der Ort war, von dem sie annahm, dass er hinfahren würde, aber sie hatte beschlossen, ihm trotzdem zu folgen. Vielleicht gab es mehr als eine Frau, vielleicht wollte sie, dass er es auch einmal erlebte, von jemandem verfolgt zu werden, dem man vertraute.

Sie konnte sein Büro von der Straße aus sehen und das Licht

war eingeschaltet. Was nicht unbedingt bedeutete, dass Ted dort war. Sie hatte sich an die Kaffeebecher am Beifahrersitz des Privatdetektivs erinnert und war auf ihrem Weg hierher bei einem Kaffeehaus stehengeblieben. Der Karton neben ihr enthielt außerdem ein Fernglas und eine Kamera. Und ein Buch, für den Fall, dass er wirklich spät arbeitete.

Sie wartete ungefähr vierzig Minuten. Während dieser Zeit dachte sie darüber nach, wo Nick sein würde. War er direkt nach Seattle zurückgeflogen? Sie nahm es an. Regnete es dort?

Sie nahm ihr Handy aus ihrer Tasche und bemerkte dann, dass es ihr Wegwerf-Handy war. Ihr Smartphone mit all den tollen Funktionen, wie die Fähigkeit, das Wetter von irgendwo tausende Kilometer entfernt herauszufinden, war irgendwo in Miami.

Oder vielleicht hatte Teds Unternehmen es wieder zurückgeholt.

Endlich wurde das Licht in Teds Büro ausgeschaltet. Sie wartete und einige Minuten später kam er aus der Parkgarage gefahren.

Sie reihte sich im Verkehr ein und folgte ihm. Er würde Lissas Auto nicht erkennen, aber sie versuchte trotzdem, einige Auto-längen hinter ihm zu fahren.

Sie wusste, wo sein Sportclub war und er bog nicht in diese Richtung ab.

Sie verließen das Geschäftsviertel und sie folgte Ted, als er in einen Arbeitervorort fuhr, wo ihr rostiger Wagen besser hinpasste als seine luxuriöse Limousine.

Als er in die Einfahrt eines kleinen Bungalows mit einem kleinen Garten fuhr, wusste sie nicht, was sie tun sollte. Wenn sie stehenblieb, würde er sie vielleicht bemerken. Sie hatte keine andere Wahl als weiterzufahren. Sie quetschte sich zwischen einen Lastwagen und einen Lieferwagen, schnappte sich ihre Kamera, schaltete sie ein und machte eine Kehrtwende. Sie fuhr langsam und ihre nervöse Energie verursachte ihr Gänsehaut.

Wenn Ted einen Klienten besuchte oder, was noch schlimmer wäre, jemanden, den sie beide kannten, und sie dabei erwischt wurde, wie sie ihn verfolgte, würde sie sich unendlich dumm vorkommen. Wen konnte er andererseits in dieser Nachbarschaft kennen? Und sie war sich ziemlich sicher, dass seine Firma keinen wahrhaftigen Carnarvon in diesen Bezirk schicken würde, um einen Kunden zu besuchen.

Als sie wieder beim Bungalow ankam, war Ted ausgestiegen und ging auf seine vorsichtige Art und Weise über den Weg an der Seite des Hauses entlang zur Eingangstür. Als er bei der Tür ankam, hatte sie das Fenster geöffnet und die Kamera eingestellt und auf ihn gerichtet.

Aber er klopfte nicht an.

Er nahm einen Schlüssel aus seiner Hosentasche und sperrte die Tür auf.

Was um Himmels willen?

Sie machte ein Foto von ihm, nur, um irgendetwas zu tun.

Dann sah sie sich die Adresse noch einmal an. Es war die, die der Privatdetektiv ihr gegeben hatte.

Dann wartete sie. Sie hatte keine Ahnung, was sie als Nächstes tun sollte. Sie wünschte, sie könnte Nick anrufen und ihn um Hilfe bitten. Sie hatte das Gefühl, dass sie als Privatdetektiv versagte. Sie sollte aussteigen und sich an die Fenster schleichen, um hineinzuspähen, aber dafür würde sie warten müssen, bis es dunkel war, und sie wusste, dass sie niemals im Dunkeln in irgendjemandes Fenster spähen würde.

Vielleicht sollte sie die Straße überqueren und an die Tür klopfen. Nur, um zu sehen, was passieren würde.

Während sie darüber nachdachte, ob dies ein vernünftiger Plan war, fuhr ein zweites Auto in die Einfahrt.

Es war ein Kleinwagen. Sauber, verlässlich und ein paar Jahre alt.

Das Auto hielt neben Teds Wagen in der Einfahrt.

Der Motor gab ein einziges Klicken von sich, als er abgeschaltet wurde. Die Tür der Fahrerseite öffnete sich und eine Frau stieg aus.

„Oh je", flüsterte sie, als zuerst ein langes Bein erschien und dann der Rest der Frau folgte. Sie war ein großer, statuenähnlicher Hingucker mit rotem, unwahrscheinlich wild gelocktem Haar. Sogar aus der Distanz konnte Kate erkennen, dass sie viel Makeup und den rötesten aller roten Lippenstifte trug. Ihr enges, weißes Kleid stellte ihre Showgirl-Brüste, üppige Hüften und lange Beine zur Schau. Dies war eine Frau, die Ted niemals seiner Mutter vorstellen würde.

Die Frau nahm eine schwarze Tanztasche vom Rücksitz und ging den Weg zur Tür entlang, als wäre es ein Laufsteg. So wie Ted hatte auch sie einen Schlüssel.

Sogar mit all den Beweisen hatte Kate Schwierigkeiten damit, die offensichtlich häusliche Szene, die sich vor ihr abspielte, in sich aufzunehmen.

Sie wartete fünfzehn Minuten, stieg aus Lissas Auto aus und überquerte die Straße. Sie drückte auf die Klingel und wartete.

Was würde sie tun, wenn niemand zur Tür kam? Würde sie an die Tür pochen? Noch einmal anläuten? Was, wenn sie gerade Sex hatten oder Drogen nahmen oder was sonst auch immer respektable Leute tun, die ein Doppelleben führen?

Aber während sie sich darüber Gedanken machte, hörte sie das Klappern von Absätzen auf dem Boden, und dann wurde die Tür geöffnet und die üppige Rothaarige stand in der Tür.

Sie hob leicht ihre Augenbrauen, als sie Kate dort stehen sah.

„Hi", sagte Kate.

„Hi."

Es war eine kleine Pause, als Kate klar wurde, dass sie keine Ahnung hatte, was sie sagen sollte. Schließlich glitzerten die grünen Augen erheitert. „Kann ich Ihnen irgendwie behilflich sein?" Sie hatte die rauchige Stimme einer Clubsängerin. Sie war älter als Kate, vielleicht um zehn Jahre, und einige Falten zeigten sich bereits um ihre Augen.

„Marlene?"

„Wer will das wissen?"

Kate spürte den letzten Schlag des Verrats. Natürlich war es Marlene. Es war immer Marlene gewesen. „Ist Ted hier?" Bevor die Frau sie anlügen oder ihr die Tür ins Gesicht schlagen konnte, sagte sie: „Ich bin Kate."

Marlenes Heiterkeit verschwand. „Oh."

„Ich will keine Schwierigkeiten machen. Ich will nur mit ihm sprechen."

Eine Sekunde lang starrten die beiden Frauen einander an. Kate kam sich vor, als würde sie genauso gemustert werden, wie sie die andere Frau musterte. Schließlich sagte Marlene: „Ich dachte, du würdest anders aussehen."

„Das habe ich."

Dann drehte Marlene ihren Kopf um, schwang dabei ihr Haar über ihre Schulter und verbreitete einen schweren Duft. „Ted? Es ist jemand hier, um mit dir zu sprechen."

„Wovon redest du?" Es war Teds dienstbeflissene Stimme. „Niemand weiß, dass ich ..." Er machte einen Schritt nach vorn auf den Parkettboden und hielt inne. Natürlich war es ein Holzboden. Ted war gegen Staubmilben allergisch. Alle Wohnräume mussten Holzböden haben.

Als er sie erblickte, sah er zuerst völlig überrascht aus, dann erkannte sie einen Moment, in dem schiere Angst durchkam. „Kate! Was zum Teufel machst du hier? Wie hast du mich gefunden?" Er lief auf sie zu und schaute hinter sie, als würde er überprüfen, ob irgendjemand mit ihr gekommen war. Er trug eine Schürze und der Duft des Abendessens, das gerade gekocht wurde, folgte ihm in den Flur.

Anstatt ihn anzuschreien beruhigte sie den beängstigten kleinen Jungen, den sie eine Sekunde lang gesehen hatte. „Ich bin alleine hier", versicherte sie ihm. „Ich bin dir von deinem Büro hierher gefolgt."

Er sah gleichzeitig verärgert und schuldig und verängstigt aus. Es stand ihm nicht sehr gut. „Warum?"

Es war lächerlich, dieses Gespräch auf der Türschwelle zu haben. „Meinst du, dass ich hineinkommen könnte?"

Sie sprach Ted an, aber es war Marlene, die antwortete. „Natürlich."

„Aber …"

Marlene öffnete die Tür. „Es ist Zeit, Ted."

Kate trat ein und Marlene schloss die Tür hinter ihr. Kate sah sich normalerweise als eine große Frau, aber neben Marlene sah sie wie ein Zwerg aus. Die Frau musste einen Meter achtzig sein. In ihren Absätzen war sie beinahe so groß wie Ted.

„Komm in die Küche", sagte Marlene. „Wir können uns ebenso gut hinsetzen."

Sie schien von allen am wenigstens beunruhigt zu sein.

„Danke."

Sie gingen alle den Flur entlang und durch eine Tür in eine Küche, die renoviert und mit neuen Schränken aus Kirschholz, Granitarbeitsplatten und den neuesten Küchengeräten ausgestattet worden war. Sie sah der Küche, die Ted sich für ihr neues Haus gewünscht hatte, sehr ähnlich.

„Ich bin nicht hier, um Schwierigkeiten zu machen", sagte sie wieder, diesmal um Teds willen.

„Warum zum Teufel bist du hier? Welche Frau folgte ihrem eigenen Verlobten? Und was hast du mit deinem Haar gemacht?" Er hörte sich starrköpfig und beleidigt und überhaupt nicht entschuldigend an. Er sollte anstatt einer Schürze eine Windel tragen. Er war ein riesiges Baby.

Marlene zeigte auf einen Stuhl am Küchentisch und zog dann einen für sich selbst hervor. Eine offene Flasche Wein stand auf dem Tisch, zusammen mit zwei gefüllten Gläsern. „Möchtest du ein Glas Wein?"

„Nein, danke." Sie schluckte. Ihr Hals fühlte sich trocken an. „Aber könnte ich ein Glas Wasser haben bitte?"

„Natürlich." Marlene stand auf und ging zum Kühlschrank. In ihrem Kopf schwirrten so viele Fragen herum, dass sie nicht wusste, wo sie anfangen sollte. Ted runzelte die Stirn und starrte in seinen Wein, während er mit seinen Fingern auf die Tischplatte klopfte. Schließlich fragte sie: „Warum hast du die Hochzeit nicht abgesagt?"

„Niemand wusste, wo du warst. Deine Mutter war überzeugt davon, dass du entführt worden warst."

Er tat, was er konnte, um ihr ein schlechtes Gewissen zu machen, aber sie würde es nicht zulassen. „Nein, das war sie nicht. Ich habe herausgefunden, dass du einen Privatdetektiv angeheuert hast, um mich zu verführen. Du hast sichergehen müssen, dass ich dich nie betrügen würde." Sie schaute zu Marlene, dann wieder zu Ted. „Ich war so sauer darüber, dass du meine Treue bezweifeln konntest, dass ich unsere Verlobung gelöst und dann die Stadt verlassen habe."

„Du warst verärgert, wütend. Ich habe mich geweigert zu glauben, dass du es ernst gemeint hast. Deine Mutter war sicher, dass du dich beruhigen und erkennen würdest, dass du einen Fehler gemacht hast."

Marlene stellte ein Glas Wasser vor sie und setzte sich wieder.

Kate schaute von Ted zu Marlene und zurück. „Glaubst du wirklich, dass es ein Fehler war, unsere Verlobung zu lösen, Ted?"

Es war so still, dass sie irgendwo eine Uhr ticken hören konnte. Ted nippte an seinem Wein und sie konnte ihn schlucken hören. Schließlich begegnete er ihrem Blick und sah verloren aus. Beängstigt. Er zeigte auf sich und Marlene. „Das hier ist kompliziert."

„Wirklich? Was ist so kompliziert daran?"

Marlene schnaubte. „Du bist eindeutig nicht, was ich erwartet hätte."

Ted trank einen weiteren Schluck Wein. „Ich kann nicht. Ich meine, wie könnte ich?"

„Oh, mach dir keine Sorge um meine Gefühle", sagte Marlene.

„Ich bin nicht gut genug. Ich bin zu billig." Sie senkte ihre Stimme zu einem Bühnengeflüster. „Ich habe eine Vergangenheit."

„Wie lange liebst du Marlene schon?", fragte Kate.

Ted errötete zu einem tiefen Rot. „Du verstehst das nicht. Marlene und ich kennen und schon lange."

„Ted, ich wusste nicht einmal, dass du kochen kannst, und hier bist du in einer Schürze und kochst das Abendessen. Die ganze Zeit, in der wir zusammen waren, hast du weiter mit Marlene hier Familie gespielt. Nicht wahr?"

„Ich habe dir gerade gesagt, dass es kompliziert ist."

„Nein, das ist es nicht. Es ist einfach. Wenn du jemanden liebst, dann solltest du tapfer genug sein und um ihn kämpfen. Und niemals ein anderes Leben vortäuschen, um es anderen Leuten recht zu machen." Sie seufzte traurig. „Du und ich, wir haben das unser ganzes Leben lang getan."

„Ich mag dich wirklich gerne", sagte Ted und sah schrecklich aus. „Du bist eine wunderbare Frau. Genau die Art von Frau, die ich heiraten sollte."

Sie schüttelte den Kopf. „Nein. Ich bin genau die Art von Frau, von der deine Eltern denken, dass du sie heiraten solltest. Und wahrscheinlich deine Geschäftspartner. Aber du solltest jemanden heiraten, den du liebst. Du liebst mich nicht. Und ich liebe dich nicht." Sie wandte sich an Marlene. „Ich kenne dich nicht, aber ich bin ziemlich sicher, dass ich dich auch falsch eingeschätzt habe."

Marlen zuckte mit den Schultern, als wäre sie daran gewöhnt, falsch beurteilt zu werden.

Kate fragte sie: „Warum bist du bei ihm geblieben, obwohl er mit anderen Frauen ausging, obwohl er vorgehabt hatte, mich zu heiraten?"

Marlene zuckte wieder mit den Schultern. „Verdammt, ich wünschte ich würde noch rauchen. Ich brauche jetzt wirklich eine Zigarette." Dann starrte sie auf ihre langen weißen Fingernägel, von denen zwei mit Leopardenmuster bemalt waren. „Er ist reich. Er kauft mir Sachen."

Er hatte sie nicht in eine bessere Nachbarschaft umgesiedelt oder ihr ein neues Auto gekauft. Er war vielleicht reich, aber Ted konnte kein Geld ausgeben, wenn er die Ausgabe nicht rechtfertigen konnte. Er erhielt ein hohes Gehalt mit einem saftigen Bonus, aber seine Vater wusste auf den Cent genau, mit wieviel Geld Ted nach Hause ging, und an seinen Treuhandfonds kam er nicht heran. Er war Marlene gegenüber zweifellos so großzügig, wie er es sein konnte, aber konnte nur so viel Geld ausgeben, ohne dass sein Vater Verdacht schöpfte.

„Ich kann mir nur einen Grund vorstellen, warum du immer noch in dieser Beziehung bist." Es war nicht das Geld, also musste es Liebe sein.

„Sag es nicht", warnte Marlene sie mit harten Augen.

„Ted, diese Frau ist dir lange beigestanden. Meinst du nicht, dass es an der Zeit ist, dich deinen Eltern zu stellen?"

„Du hast leicht reden."

Sie atmete tief aus. „Nein. Das war ganz und gar nicht leicht." Sie wandte sich an Marlene. „Ich nehme vielleicht doch ein Glas Wein."

KAPITEL 16

ls sie kurz darauf das Haus verließ, nachdem sie Ted die Schachtel mit seinen Sachen gegeben hatte, die sie in ihrer Wohnung eingesammelt hatte, fühlte sich Kate überraschend gut. Diese große, unbewältigte Sache in ihrem Leben, ihre anstehende Hochzeit, war endlich vorbei. Ted hatte versprochen, mit seinen Eltern zu sprechen, wenn sie mit ihm ginge. Sie war zu glücklich darüber, ihr Freiheit wiederzuhaben, dass sie sich deswegen nicht streiten wollte.

Die erste Person, der sie von diesem außergewöhnlichen Abend berichten wollte, war Nick. Aber so sehr sie es auch wollte, nahm sie ihr Handy nicht in die Hand.

Stattessen fuhr sie zu Lissa, um wieder Autos zu tauschen.

Als sie an die Tür ihrer Freundin klopfte, wurde sie praktisch in die Wohnung gerissen. „Du darfst nicht einmal einen Blick auf deine Autoschlüssel werfen, bevor du mir nicht alles ausführlich erzählst."

„Alles?"

„Okay, alles von dem Moment an, an dem du von hier losgefahren bist, bis jetzt. Ich habe Bier, Wein, Tequila und ein bisschen Wodka, soviel ich weiß, und ich habe den

Fehler begangen, hungrig im Großhandel eingekauft zu haben."

„Oh je, du warst nicht in der Abteilung mit den Snacks, oder?"

„Ich habe Riesenfamilienpackungen von allem von Popcorn bis Süßkartoffelchips."

„Kann ich vielleicht Tee haben? Ich muss fahren."

Lissa schüttelte den Kopf. „Du wirst nirgendwohin fahren. Du wirst hier schlafen. Ich habe auch die Familienpackung mit acht Zahnbürsten gekauft."

Und dann wurde ihr bewusst, wie sehr sie sich nach einem einfachen Gespräch mit ihrer Freundin sehnte, also sagte sie: „Ich kann Süßkartoffeln nicht ausstehen."

Lissa lachte. „Popcorn wird gleich serviert."

Sie saßen bis spät in die Nacht bei Wein und Snacks zusammen. Kate erzählte Lissa nichts von ihrem Besuch bei Ted. Es war Teds Angelegenheit, und obwohl er sie verletzt und betrogen hatte konnte sie erkennen, dass er auch litt. Außerdem wollte sie nicht über Ted sprechen. Ted war vorbei. Er war die Wahl der Frau, die sie einmal gewesen war.

Aber sie konnte es nicht erwarten, über Nick zu sprechen.

Lissa lachte, bis Tränen ihre Wangen hinunterkullerten, als Kate beschrieb, wie Nick sie angeheuert hatte, um ihr das Surfen beizubringen. „Das muss man dem Mann lassen, er hat Mut."

„Oh ja."

„Es ist mir außerdem nicht entgangen, dass der Mann ernsthaft sexy ist."

„Ernsthaft sexy? Warte, woher weißt du ..."

„Er war hier."

Sie kam sich trotz des leichten Schwipses betrogen vor. Lissa, die einzige Person, der sie in dieser Sache vollkommen vertraut hatte, hatte sie verraten. „Und du hast ihm verraten, wo ich war."

Sie formulierte es nicht einmal als Frage.

„Hey, Kleines. Ich habe ihm gar nichts gesagt. Erstens habe ich nicht gewusst, wo du warst, weil du mir nicht gesagt hast, wohin du fahren wolltest. Zweitens halte ich dir immer den Rücken frei, das darfst du nie vergessen."

Sie nickte, verwirrt und gereizt. „Was ist dann passiert?"

„Er stand plötzlich vor meiner Tür und sah aus, als wäre er gerade einem feuchten Traum entsprungen, und ich war vielleicht etwas sauer auf ihn, weil er dich verletzt hatte. Er hat mich davon überzeugt, dass er nicht mehr für die Carnarvons arbeitete, und mir zugestimmt, dass Ted ein Arschloch ist. Und dann hat er mir erzählt, dass er sich Sorgen machte, weil seit Tagen niemand etwas von dir gehört hatte." Sie sah Kate durchdringend an. „Was der Wahrheit entsprach. Ich hatte keine Ahnung, wo du warst, und hatte seit diesem einen Anruf, bei dem du ziemlich verstört geklungen hast, nichts von dir gehört."

„Verstört? Das ist wirklich unfair. Du hast mich beraten."

Lissa fuhr fort, als hätte sie nichts gesagt. „Als er mir berichtete, dass du deinen Job verloren hattest, zusätzlich zu deinem Verlobten, habe ich ihm von meinem Auto erzählt. Das war alles, was ich ihm gesagt habe."

„Wirklich? Glaubt jeder, dass ich nicht selbst auf mich aufpassen kann? Es war alles völlig in Ordnung."

Lissa grinste und schenkte ihnen mehr Wein ein. „Oh, ich weiß, dass du selbst auf dich aufpassen kannst. Ich habe mir keine Sorgen um deine Sicherheit gemacht. Aber nach fünf Minuten mit Nick wusste ich genau, was du nötig hattest. Einen echten Mann mit schmachtenden Augen, der offensichtlich verrückt nach dir war."

Sie nippte an ihrem Wein. Nahm sich ein Chip und zerbiss es. „Du hast ihn mir nachgeschickt, damit ..."

„Damit du von einem Mann flachgelegt werden konntest, dessen Augen aufleuchten, wenn er von dir spricht."

„Seine Augen haben nicht geleuchtet."

„Wie ein Weihnachtsbaum."

„Oh. Okay." Sie genoss das Bild eines panischen Nicks auf Lissas Türschwelle, der sich um sie sorgte. Das Bild gefiel ihr.

„Erzähl mir alles."

Das Erzählen dauerte ziemlich lange, da Lissa sie immer unterbrach, um Fragen zu stellen.

Sie war bei ihrem letzten Treffen angelangt, und als sie Nicks Abschiedsworte beschrieb hörte sie, wie ihre eigene Stimme heiser wurde.

Lissa sah sie einen Moment lang gespannt an. „Und hast du ihm gesagt, dass du ihn liebst?"

Sie war so überrascht, dass sie sich an einem Chip verschluckte. „Nein. Natürlich habe ich ihm nicht gesagt, dass ich ihn liebe."

„Warum nicht?"

„Weil ich nicht in ihn verliebt sein will", heulte sie.

„Ich will nicht einen Meter fünfundvierzig groß sein und zehn Kilo zu viel haben, aber das ändert nichts an den Tatsachen."

„Ich habe meine Verlobung erst vor ein paar Wochen gelöst. Ich kann nicht jetzt schon in einen anderen Mann verliebt sein."

„Das kannst du, weil du in den ersten nie verliebt warst."

Sie stieß ein frustriertes Stöhnen aus. „Warum hast du mir das nie gesagt?"

„Dass du nicht in Ted verliebt warst?"

„Ja."

„Wirklich? Ich dachte du wusstest es. Ich nahm an, du wolltest das nette, einfache Leben haben und konntest ihn gut genug leiden. Wenn das genug für dich war, was hätte ich dann tun sollen?"

Sie blinzelte und versuchte die Tatsache aufzunehmen, dass ihre beste Freundin gedacht hatte, dass sie Ted nicht liebte. Aber Lissa hatte unrecht, oder? „Ich habe ihn geliebt. Nein. Ich habe geglaubt, dass ich ihn lieben würde."

„Nun, du kannst dich bei seinem hinterhältigen Vater dafür bedanken, dass er einen ernsthaft sexy Typen beauftragt hat, um dich zu verführen."

Kate hatte gerade genug Wein in sich um zu glauben, dass dies der Inbegriff von lustig war. „Die Wahrheit ist, dass Nick mich verführt hat." Sie dachte darüber nach. „Oder vielleicht habe ich ihn verführt."

„Ich würde sagen, ihr habt euch gegenseitig verführt." Sie lehnte sich zu Kate und klopfte ihr sanft auf das kurze Haar. „Und mir gefällt alles an deinem neuen Look. Mir gefällt deine Frisur und dass du wieder ein bisschen zugenommen hast, und Kleines, du strahlst wie jemand, der großartigen Sex hat."

Sie senkte ihre Stimme, obwohl niemand hier war, um sie zu hören. „Ich hatte ja keine Ahnung."

Lissa wurde plötzlich ernst. „Das mit deinem Job ist allerdings ein Elend. Und gerade jetzt, wo du ihn wirklich brauchst."

Sie winkte leichthin mit der Hand ab. „Ich werde einen anderen Job finden."

„Also, was wirst du als Nächstes tun?"

„Ted und ich haben beschlossen, dass wir unseren Eltern gemeinsam sagen werden, dass es keine Hochzeit geben wird."

„Das wird eine freudige Unterhaltung."

„Ja, ich freue mich richtig darauf."

ALS SIE UND TED den Salon im Hauses von Teds Eltern betraten, spürte sie eine bekannte Welle des Unbehagens in sich aufkommen. Als würde sie sich daran erinnern müssen, ihre Knie zusammenzuhalten, wenn sie sich hinsetzte, und darauf aufpassen, was sie sagte und wie sie es sagte. Dann wurde ihr bewusst, dass sie die Rolle der perfekten Freundin/Verlobten nicht mehr spielen musste. Tatsächlich hätte sie sie nie spielen müssen.

Sie hatte sich mit Sorgfalt angezogen, hatte einen beigen Rock gewählt, der über ihre Knie ging, und eine Bluse mit einer dazu passenden Weste. Es würde nicht wirklich helfen mit Jeans aufzutauchen.

Teds Eltern begrüßten sie und führten sie in den Salon.

Als sie hineingingen sah sie sofort ihr Hochzeitskleid. Es hing auf einer Schneiderpuppe und sah aus wie ein Geist. Sie erinnerte sich sofort an diesen schrecklichen Tag in Evangelines Geschäft, als die Näherin das Kleid verflucht hatte. Jetzt war es hier, in menschlicher Gestalt, wie etwas aus einem Horrorfilm.

Ihre Mutter war vor ihr angekommen, gekleidet in einen blauen Chanel-Hosenanzug und ihre Perlenkette. „Ich habe das Kleid mitgebracht, damit du es sehen kannst. Es wurde gerade erst heute Morgen geliefert, nachdem die letzten Änderungen vorgenommen wurden. Ist das nicht perfektes Timing?"

Nein, dachte sie. Es war das schlimmste Timing. Teds Eltern gingen zu einem Sofa und setzten sie steif nebeneinander hin. Sie wählte einen Stuhl nahe ihrer Mutter aus und Ted blieb stehen.

„Wir sind so froh, dass du wieder hier bist", sagte ihre Mutter. „Wir haben nichts abgesagt. Niemand wird je von deiner kleinen Verstimmung erfahren. Es war nur ganz normale Nervosität vor der Hochzeit." Aber sie sprach nicht einmal mit Kate. Sie richtete die Bemerkung an Teds Eltern. Sie erhielt ein nervöses Lächeln seiner Mutter und keine Reaktion von seinem Vater als Antwort.

„Nun, Ted? Was hast du dazu zu sagen?"

Sie wusste, dass es Teds gesamten Mut erfordern würde, sich seinem Vater zu stellen. Er mochte kein großartiger Mann sein, oder auch nur ein besonders guter, aber sie konnte Ted gut leiden. Sie stand auf und ging zu ihm, stellte sich an seine Seite, um ihm beizustehen.

Er atmete tief ein und in dem Moment wusste sie, dass er eine Ansprache vorbereitet hatte. „Mom, Dad, Mrs. Winton-Jones", fing er an. „Kate und ich haben uns gestern lange unterhalten. Obwohl wir einander respektieren und sehr gern haben, haben wir festgestellt, dass wir nicht zusammenpassen."

Seine Mutter gab ein undefinierbares Geräusch von sich.

„Es tut mir leid. Wir werden nicht heiraten."

Einen Moment lang herrschte tosende Stille, und dann sprachen alle gleichzeitig.

„Mach dich nicht lächerlich."

„Aber wir haben die Einladungen verschickt. Es sind bereits Geschenke eingetroffen."

„Das Kleid. Was ist mit dem wunderschönen Kleid? Und Evangeline wird zur Hochzeit kommen?"

„Es tut mir leid", sagte Kate, die zum ersten Mal seit Teds Rede sprach. „Ich weiß, dass ihr euch alle viel Mühe mit der Hochzeit gegeben habt, aber wir werden nicht heiraten."

Teds Vater starrte sie an. „Willst du eine Entschuldigung hören, junge Dame? Ist es das, was du willst?

„Nein, ich ..."

Er unterbrach sie. „Also gut. Es tut mir leid. Ich habe mich falsch verhalten, indem ich jemanden angeheuert habe, um deine Treue zu testen. Ich entschuldige mich für jegliche Unannehmlichkeiten. Und damit ist die Angelegenheit erledigt."

„Oh, nein, bitte." Sie war so verwirrt darüber, dass sich ein Mann bei ihr entschuldigte, der sich immer so benahm und so sprach, als wäre er unfehlbar, dass sie sich wünschte Millionen Kilometer entfernt zu sein. Vorzugsweise auf einem anderen Planeten. Sie sah hilflos zu Ted, aber er sah genauso überrascht aus, wie sie sich fühlte.

Jede Faser in ihr, die dazu ausgebildet worden war, ein braves Mädchen zu sein, wollte sie dazu zwingen, nachzugeben, sich zu fügen, so wie sie es immer getan hatte.

Sie hob ihre Augen und dort war das Kleid. Es war ein wunderschönes Kleid, ein atemberaubendes, elegantes Kleid. Aber es war nicht ihr Kleid. Sie nahm da Kleid beinahe wie eine weitere Person in dem Zimmer wahr. Ein schönes Kleidungsstück, in dem niemand steckte, ein bisschen wie eine gespenstische Erinnerung daran, was hätte sein können, daran, was sein würde, wenn sie sich nicht endlich wehrte, ein für alle Mal.

Sie holte tief Luft und wusste, dass das, was sie gleich sagen würde, ihre Zukunft für immer verändern würde. Obwohl sie ihre Entscheidung bereits getroffen hatte, würde sie, um es diesen mächtigen Menschen in ihrem Leben sagen zu können, all ihren Mut aufbringen müssen.

„Es tut mir leid. Es ist eine persönliche Entscheidung. Dass ihr einen Detektiv angestellt habt, um zu beweisen, dass ich Ted treu sein würde, hat mich wirklich aus der Bahn geworfen. Aber es ist nicht der wahre Grund. Ted und ich lieben uns einfach nicht und ich danke euch dafür, dass ihr uns geholfen habt, das zu erkennen." Sie sah zu Ted und hoffte, er würde die Courage haben und seinen Eltern sagen, dass er in der Tat in eine andere Frau verliebt war. Er tat es nicht. Und ihr wurde klar, dass es sein Kampf war, nicht ihrer.

Eine alte und zweifellos unbezahlbare Uhr läutete irgendwo. Plötzlich erhob sich Teds Vater zu voller Größe, die beeindruckend war. Er starrte Kate an. „Ich habe immer gedacht, dass du nicht gut genug für meinen Sohn warst. Du hast dieser Familie viel Zeit und Geld gekostet und ich persönlich freue mich darauf, dich nicht mehr sehen zu müssen."

Er ging in Richtung Tür davon. „Nein, Dad. Warte", sagte Ted und folgte ihm aus dem Zimmer.

Seine Mutter flatterte hinter den beiden Männern her. „Duncan, ich bitte dich, ärgere dich nicht. Denk an deinen Blutdruck. Edward, rege deinen Vater nicht auf."

Als Millicent sich daranmachte, ihren Männern aus dem Salon zu folgen, blickte sie zurück. „Ihr kennt den Weg hinaus", sagte sie kalt.

„Ich glaube, ich brauche einen Moment", sagte Kate und setzte sich auf einen der blauen seidenüberzogenen Sessel. Sie bemerkte, dass ihre Beine zitterten.

Ihre Mutter stand auf und sagte, während sie den Rand ihres Auges mit einem Spitzentaschentuch abtupfte: „Ich hätte nie gedacht, dass meine Tochter mich so blamieren könnte."

Kates Mutter trug immer ein sorgfältig gebügeltes Spitzentaschentuch bei sich. So sehr Kate die umweltfreundlichen Aspekte auch zu schätzen wusste, die mit der Vermeidung von Papiertaschentüchern zugunsten von Stofftaschentüchern einhergingen, wusste sie genau, dass ihre Mutter nicht Stofftaschentücher verwendete, um grün zu sein. Sie verwendete sie als Waffe. Das Flattern von weißem Leinen und Spitze war, und war es immer gewesen, ein Zeichen dafür, dass Kate ihre Mutter wieder einmal enttäuscht hatte.

Zum ersten Mal in ihrem Leben sprang sie nicht auf die Füße, um sich zu entschuldigen. Sie hielt ihre Stimme ruhig, aber sie sagte: „Es wäre schön gewesen, ein bisschen Unterstützung von meiner eigenen Mutter zu bekommen, nur ein einziges Mal."

„Ich bin so aufgebracht, dass ich im Moment nicht mit dir sprechen kann." Ihre Mutter machte sich in Richtung der Türe auf. Sie zögerte, bevor sie den Raum verließ, das Zeichen für Kate, dass dies ihre letzte Chance war, ihr nachzulaufen. Aber sie tat es nicht. Sie ließ ihre Mutter gehen.

Es war furchtbar still im Raum. Irgendwo saugte ein Dienstmädchen Staub, und die drei Carnarvons saßen zweifellos irgendwo zusammen, um sich zu besprechen. Sie war allein mit dem Brautkleid, von dem sie wusste, dass sie es niemals tragen würde. Sie erhob sich und ging darauf zu. Sie fuhr mit ihrem Finger den Saum entlang, wo die Stecknadeln sie bei ihrer letzten Anprobe gestochen hatten. Der Blutfleck war natürlich verschwunden, aber sie hatte das gespenstische Gefühl, dass sogar das Kleid versucht hatte ihr zu sagen, sie sollte die Hochzeit nicht durchzuziehen.

„Ich hoffe, du wirst deine Braut finden", sagte sie. Sie stellte sich vor, wie jemand so reich und chic wie Evangeline selbst in dieser glorreichen Kreation den Mittelgang der Kirche entlangschwebte. Sie fragte sich, wer es wohl tragen würde.

Eine kleine Tasche mit Evangelines Logo hing von der Schneiderpuppe. Neugierig sah sie hinein und musste lächeln. Aneinandergeschmiegt wie zwei Quallen lagen die beiden Gel-Pölsterchen darin, die ihr mageres Dekolleté hätten aufbauschen sollen. Sie hatte dieses Kleid genauso wenig ausgefüllt, wie sie in Teds Welt und Teds Leben gepasst hätte.

Sie hörte, wie jemand das Zimmer betrat. Sie drehte sich um und sah Ashley, Teds Cousine. „Hi Kate. Du bist zurück."

„Das bin ich. Danke, dass du mir in jener Nacht mit dem Fahrrad geholfen hast." Das Ted zurückzubringen sie versprochen hatte.

„Kein Problem." Ashley kam näher und blieb vor dem Kleid stehen. „Wow. Was für ein Kleid."

„Ja, das ist es. Aber ich werde es nicht tragen."

Ashley sah nicht sehr überrascht aus. „Hochzeit ist abgeblasen, hm?"

„Jawohl."

„Wow. Das wird hier eine Menge Drama auslösen." Aber es schien sie nicht allzu sehr zu stören. Vielleicht gefiel ihr das Entertainment.

Die Tasche mit den Gel-Pölsterchen war immer noch in ihrer Hand. Sie wollte sie gerade wieder zu dem Kleid auf die Puppe hänge, als Ashley sagte: „Was ist in der Tasche?"

Kate reichte ihr die Tasche und Ashley sagte: „Oh, ich liebe diese Dinger. Die vergrößern deinen Busen um eine ganze Körbchen-Größe."

„Willst du sie haben?"

„Und wie." Sie sah auf und das Licht reflektierte von ihrem diamantenen Nasenstecker. „Willst du sie nicht?"

„Nein. Von jetzt an bin ich über jeden mich betreffenden Aspekt ehrlich."

„Ich nicht." Und sie schob die Pölsterchen in den Ausschnitt ihres Oberteils. Sie trug ein enges weißes T-Shirt und als sie fertig war, sah es tatsächlich so aus, als hätte sie eine Größe zugelegt.

„Danke, Kate."

„Gern geschehen. Wir sehen uns."

Ashley sah sich um. „Ich wollte eigentlich mit Ted sprechen. Ich habe sein Auto vor dem Haus gesehen."

„Ich glaube, er spricht mit seinen Eltern. Im Moment sind alle etwas angespannt. Du solltest vielleicht eine Weile warten."

„Guter Plan."

Sie hoffte sehr, dass Ted den Mut aufbringen würde, sich für die Frau einzusetzen, von der sie glaubte, dass Ted sie wirklich liebte. Aber sie konnte im Moment nicht über Ted und seine Liebste nachdenken. Sie sorgte sich mehr um ihre eigene Zukunft – und ihre Liebsten.

KAPITEL 17

*E*r hatte immer noch seine Arbeit, erinnerte er sich selbst, als er durch eine Pfütze lief. Er rannte eine schmale Gasse entlang, um ein belastendes Foto von dem leitenden Angestellten eines High-Tech-Unternehmens zu schießen, der gerade dabei war, die Firmengeheimnisse zu verkaufen.

Seine Füße waren kalt und nass. Es roch nach Abfall und Urin. Es war schwierig, ein scharfes Foto zu machen, da es regnete und er keine klare Sicht hatte.

Er war aus Kalifornien zurückgekommen und hatte sich sofort in die Arbeit gestürzt. Es war ein guter Auftrag von einem regelmäßigen Klienten, aber musste er wirklich draußen im kalten Regen arbeiten? Er wollte in der Sonne sein.

Er wollte dort sein, wo Kate war.

Er fragte sich, ob Kate gerade Surfunterricht gab. Er konnte sie förmlich sehen, wie sie auf ihrem Brett flog, schiere Freude auf ihrem Gesicht. Sie hatte manchmal denselben Ausdruck, wenn sie zusammen im Bett waren, und er wusste, dass, wohin auch immer er gehen würde und was auch immer passieren würde, er niemals eine Frau finden würde, die Kate ebenbürtig sein könnte.

Wie hätte er wissen können, als er – widerwillig – den Auftrag angenommen hatte, die Treue der zukünftigen Frau von Ted Carnarvon zu testen, dass er so viel verlieren würde? Es machte ihm nicht viel aus, dass er die Carnarvons als Klienten verlieren würde, was offensichtlich passieren würde, sobald sie den Bericht des ungepflegten Privatdetektivs erhielten. Was ihm etwas ausmachte war, etwas verloren zu haben, was er gerade erst gefunden hatte.

Nick sah sich nicht wirklich als Romantiker, aber er erkannte Liebe, wenn sie ihm in den Hintern trat. Wenn es so viele Jahre gedauert hatte, um sich zum ersten Mal zu verlieben, dann vermutete er, dass er wahrscheinlich der Typ Mann war, der nur einmal wirklich lieben konnte. In all den Frauen, die er in seinem Leben gekannt und genossen hatte, hatte er nie eine kennengelernt, die ihn so herausforderte und reizte und erfreute und ihn einfach so sah, wie er war.

Das Verrückte daran war, dass er sicher war, sie auch auf eine Weise gesehen zu haben wie kein anderer Mann zuvor. Bestimmt nicht Edward Carnarvon.

Als er sie verlassen hatte, war er von seinen gemischten Gefühlen völlig verwirrt gewesen. Die Frustration, dass sie sich weigerte zuzugeben, dass sie perfekt für einander waren. Die Irritation, dass es ihr nichts auszumachen schien, dass ihr ein anderer Privatdetektiv auf den Fersen war. Und die Sehnsucht eines Mannes, der sich etwas wünschte, was er wahrscheinlich niemals haben könnte.

Er hatte auch eine seltsame Art des Beschützerinstinkts gespürt, den er zu dem Zeitpunkt nicht erkannt hatte. Er wollte nicht, dass irgendein zotteliger Versager Fotos von der Frau machte, die er liebte, nur um sie schlecht zu machen. Nur ein großer Akt der Selbstbeherrschung hatte ihn davon abgehalten, an dem Auto vorbeizugehen, in dem sich der unübersehbarste Detektiv der Welt versteckte. Er hatte die Tür aufreißen und den

Kerl herauszerren wollen, um ihm zu sagen, dass er sich einen neuen Auftrag suchen sollte, während er sich gleichzeitig die Kamera schnappte und zerstörte.

Er hatte nichts davon getan. Aber sogar jetzt, als er sich zurückerinnerte, konnte er das Prickeln in seinen Fingern spüren, den Drang, etwas zu zerschlagen.

Als er einige Stunden später in sein Büro zurückkehrte, nachdem er erfolgreich Fotos gemacht und damit genug belastendes Beweismaterial gesammelt hatte, das ausreichen sollte, um den Dieb von Geschäftsgeheimnissen zu entlassen und wahrscheinlich ins Gefängnis zu befördern, folgte ihm seine Assistentin Susan in sein Büro und schloss die Tür. Sie hatten den Großteil seiner Karriere als Detektiv zusammengearbeitet. Wenn sie die Tür zu seinem Büro schloss, dann bedeutete das entweder, dass sie ihm etwas Heikles über einen ihrer Kollegen zu sagen hatte, oder, dass sie sauer war.

Er sah sie vorsichtig an. „Ist alles okay im Büro?"

„Alles gut", zischte sie.

„Keine Personalprobleme, über die ich Bescheid wissen sollte?"

„Oh, ja. Es gibt ein großes Personalproblem, über das du Bescheid wissen solltest. Du bist seit deiner Rückkehr von dem mysteriösen Fall, über den du nicht einmal einen Bericht geschrieben hast, ein grantiger Bär, und dein Verhalten trübt unsere Unternehmenskultur."

Er hob seine Augenbrauen als Zeichen seiner Verwunderung.

„Wir haben eine Unternehmenskultur?" Sie besuchte abends Kurse an der Uni, um ihr MBA zu machen, und hatte die Angewohnheit, alles, was sie gerade gelernt hatte, mit ins Büro zu bringen.

„Jedes Büro hat eine Unternehmenskultur. Je kleiner das Unternehmen, desto mehr Einfluss haben die Personen der Führungsebene. Du reißt in letzter Zeit jedem den Kopf ab, hörst nicht zu und benimmst dich allgemein wie der Chef aus der Hölle."

„Der Chef aus der Hölle? Wirklich? Das kommt mir ein bisschen drastisch vor." Nicht, dass er die Tatsache nicht akzeptierte, dass er im Büro in letzter Zeit nicht sein gewöhnliches fröhliches Selbst gewesen ist. Er hatte allerdings geglaubt, dass er es etwas besser versteckt hätte. Es schien, als hätte es sich etwas vorgemacht.

Ihre Lippen zuckten. „Okay, nicht wirklich aus der Hölle, aber es gefällt mir nicht, wenn du nicht glücklich bist. Es beunruhigt mich."

„Es tut mir leid. Es ist eine persönliche Angelegenheit und ich sollte mich wirklich bemühen, mein Privatleben aus meinem Arbeitsleben rauszuhalten." Er fragte sich, was ein guter Manager in einer ihrer Lerngruppen tun würde. Er sagte: „Danke, dass du mich darauf aufmerksam gemacht hast."

Sie lehnte sich vor, legte ihre Handflächen auf seinen Schreibtisch und starrte auf ihn herunter. „Es geht um eine Frau, nicht wahr?"

Er würde nicht lügen. Sie kannten einander schon zu lange. „Natürlich geht es um eine Frau. Was könnte einen Mann sonst völlig durcheinanderbringen und dann in die Gosse schmeißen?"

Zu seiner großen Bestürzung lachte sie laut auf. „Machst du Witze? Du hast endlich eine Frau gefunden, die hinter deine Fassade gesehen hat?"

Was war an einem gebrochenen Herz lustig? „Was meinst du mit hinter meine Fassade gesehen?"

„Oh, ich beobachte dich seit Jahren. Du verzauberst Frauen, ohne es wirklich zu versuchen. Du bist der Mann, mit dem jede Frau zusammen sein will. Humorvoll, gutaussehend, sexy, und du hast dieses unwiderstehliche Etwas, dass alle Frauen anzieht." Sie lehnte sich näher an sein Gesicht. „Du bindest dich nicht."

Er schob das Keyboard seines Computers um einige Zentimeter nach links, nur, um irgendetwas zu tun. „Na ja, wie es

166

scheint gibt es auch Frauen, die sich nicht binden wollen. Oder zumindest nicht an mich."

„Du wirst es überleben."

„Sollen das aufmunternde Worte sein? Dann muss ich dir sagen, dass du daran noch arbeiten musst."

Ihr Gesichtsausdruck wurde sanfter, als sie ihn betrachtete. „Unser aller Herz wurde schon gebrochen, Nick. Du bist nur etwas spät dran. Und natürlich tut es mir leid."

Als sie hinausging und die Tür hinter sich offenließ, kam er sich wie ein Idiot vor. Er konnte nicht glauben, dass er sich wegen einer Frau so benahm. Susan hatte recht. Es war an der Zeit, sich wieder zusammenzureißen.

Er machte sich an die Arbeit und schrieb den Bericht über den Unternehmens-Spionagefall, veranlasste einige Hintergrundüberprüfungen und nahm einen weiteren Fall von Versicherungsbetrug an.

Um ungefähr vier Uhr rief ihn Susan über die Sprechanlage an. „Du hast einen Anruf auf eins. Mr. Carnarvon."

„Du meinst Ted?"

„Nein, ich glaube es ist Teds Vater."

Nick atmete tief ein und aus, bevor er den Hörer abnahm. Er hielt in weit von seinem Ohr entfernt. Er hatte diesen Anruf natürlich erwartet. Er hatte sich allerdings vorgestellt, dass es Ted sein würde, der ihm ins Ohr brüllen würde, da er die Frau verführt hatte, die er heiraten wollte. „Mr. Carnarvon."

„Es gibt keinen Grund für derartige Formalitäten. Du kennst mich seit Jahren. Du kannst mich Duncan nennen."

Es dauerte einen Moment, bevor Nick antwortete. Er konnte keine Feindseligkeit in der Stimme am anderen Ende der Leitung hören und das verwirrte ihn. Und was sollte das - ihn Duncan nennen? Als Detektiv gefielen ihm Rätsel ganz und gar nicht. Er wollte alles wissen, was die andere Partei wusste und vorzugsweise mehr. „In Ordnung, Duncan. Was kann ich für Sie tun?"

Er erkannte ein Zögern am anderen Ende, dann sagte Duncan

Carnarvon: „Es ist eine heikle Angelegenheit. Ich würde mich auf deine komplette Diskretion verlassen müssen."

„Mr. Carnarvon – Duncan – wir habe beide eine Vertraulichkeitsvereinbarung unterschrieben."

„Das stimmt. Gut. Natürlich. Also, dann komme ich gleich auf den Punkt. Ich möchte, dass du meinen Sohn überprüfst." Jetzt, endlich, hörte sich der Mann aggressiv an, irritiert, als ob es ihn ärgerte, etwas derart Unangemessenes verlangen zu müssen.

„Auf was überprüfen?" Ted mochte ein Betrüger in seinem Privatleben sein, aber seine Loyalität zu dem Familienunternehmen war genauso in ihm verankert wie sein Name.

„Ich möchte, dass du ihm folgst. Finde heraus, wohin er geht, mit wem er sich trifft. Ich glaube, der Junge hat etwas vor, und das gefällt mir nicht."

Der Junge war über dreißig Jahre alt und um der alten Zeiten willen würde Nick ihm nicht nachspionieren. Außerdem hatte er bereits eine ziemlich gute Vorstellung davon, wo Ted diese mysteriösen versäumten Stunden verbrachte.

„Es tut mir leid, Duncan. Ich würde gerne glauben, dass ich für die Carnarvon Familie und Ihre Firma arbeite." Er machte eine Pause und war sich nicht sicher, wie er das, was er sagen wollte, formulieren sollte. Dann beschloss er, es einfach zu sagen. „Ted ist Ihr Sohn. Ich kenne ihn, seit wir zusammen im College waren, und das alleine disqualifiziert mich als Privatdetektiv für diesen Auftrag. Außerdem ist er sowohl Ihnen als auch der Firma gegenüber völlig loyal. Wenn er herausfindet, dass Sie ihn verfolgen und ausspionieren lassen, wird es Ärger geben. Wenn Sie etwas an seinem Benehmen beunruhigt, warum sprechen Sie dann nicht einfach mit ihm?"

„Ich habe auf jeden Fall vor, ihn zu konfrontieren. Aber ich will zuerst alle Fakten zu meiner Verfügung haben."

„Dann sollten Sie für diesen Auftrag vielleicht besser einen anderen Detektiv anheuern. Ich ziehe es vor, meine Beziehung mit dem gesamten Unternehmen aufrecht zu erhalten."

„Wie gesagt, ich verlasse mich auf deine Diskretion."

„Die haben Sie."

Als er den Anruf beendet hatte, starrte er einen Moment lang ins Nichts. Er hatte erwartet, von den Carnarvons engagiert zu werden, aber dieses Gespräch war das Gegenteil von dem, was sie sich vorgestellt hatte.

Was bedeuten musste, dass sie den Bericht von dem Privatdetektiv nicht erhalten hatten oder, wenn doch, dann hatte er die offensichtlich persönliche Beziehung zwischen Kate und ihm nicht erwähnt.

Warum?

Er ging jedes mögliche Scenario, das er sich vorstellen konnte, in seinen Gedanken durch. Nichts ergab Sinn.

Er hob sein Handy auf. Er hatte Kate von dem Moment anrufen wollen, an dem er ihre Wohnung verlassen hatte. Zu seiner eigenen Schande hatte er sein Handy immer in seiner Nähe gehabt und sah ständig nach, ob sie ihn vielleicht angerufen oder ihm eine Nachricht geschickt hatte. Aber es war nichts gekommen.

Warum sollte nicht er sie anrufen?

Warum zum Teufel nicht?

Er hatte ihre Nummer natürlich als Schnellwahl abgespeichert. Er tippte auf die entsprechende Taste und wartete in wachsender Erwartung auf den Klang ihrer Stimme. Er war verrückt nach ihrer Stimme. Sie war sanft, süß und sexy zugleich.

Aber nach drei Klingeln hörte er nicht ihre Stimme, sondern eine schreckliche mechanische Ansage, die ihm mitteilte, dass die Nummer nicht mehr existierte.

Er runzelte die Stirn und sah sein Handy finster an, als wäre es schuld an den schlechten Neuigkeiten. Was hatte sie mit ihrem Telefon angestellt?

Er erinnerte sich daran. Es war ein billiges Wegwerfhandy, das ihr Smartphone ersetzt hatte, nachdem sie dieses nach Miami geschickt hatte. Er hatte sie damit geneckt, dass sie mit dem Dealen von Drogen angefangen hatte.

Warum hatte sie es nicht mehr?

Wenn sie dieses Telefon nicht mehr hatte, dann konnte sie keine Surfstunden mehr geben.

Er ging zurück zu seinem Computer. Suchte nach der Website für den Surfladen und rief die dort gelistete Nummer an. Er erkannte die Stimme des Eigentümers, als dieser antwortete.

„Hi", sagte er. „Ich würde gerne eine Stunde mit Kate buchen. Sie hat mir vor ein paar Wochen Unterricht gegeben und war toll."

Und wenn das nicht der Wahrheit entsprach.

„Tut mir leid, aber Kate arbeitet nicht mehr hier. Ich kann dir Kyle anbieten. Er ist ein großartiger Lehrer."

„Nein. Ich will nur Kate. Wird sie zurückkommen?"

„Das glaube ich nicht."

„Okay. Danke." Er legte auf.

Er konnte nur an einen Ort denken, wohin sie gegangen sein könnte. Nach Hause.

War Ted gekommen, um sie zu besuchen? Hatte er Blumen und Champagner gebracht und war vor ihr auf ein Knie gefallen? Hatte er sie angebettelt, zu ihm zurückzukommen?

Nicht nur fiel es Nick schwer, sich Ted kniend vorzustellen, aber er hatte noch größere Probleme damit, sich vorzustellen, dass Kate ja sagen würde. Sie mochte nicht in Nick verliebt sein, aber nach allem, was sie durchgemacht hatten, konnte sie sich nicht vorstellen, dass sie zu Ted zurückgehen würde.

Das Einzige, was Ted ihr anbieten konnte, war ein Haufen Geld und einen in der Gesellschaft angesehenen Namen.

Der Kate, die er kannte, würde nichts davon etwas bedeuten.

Aber es musste eine andere Kate geben, die er nicht kannte. Die, die schon einmal Ja zu Ted gesagt hatte.

Hatte er sie irgendwie davon überzeugt, ein zweites Mal Ja zu sagen?

Natürlich hatte er das nicht. Dieser Eifersuchtsdämon war ein neues und äußerst unwillkommenes Mitglied seiner persönlichen Sammlung von Dämonen. Er musste ihn loswerden. Der beste Weg, den er sich vorstellen konnte, um das zu erreichen, war, Kate wiederzusehen. Sie würde ihn vielleicht abweisen, aber er wollte es noch einmal versuchen. Er hatte es überstürzt, seine Liebe zu schnell erklärt, ohne dass sie sich an die Vorstellung gewöhnen konnte.

Er hatte einen neuen Plan. Er würde vorschlagen, dass sie noch einmal ganz von vorn anfingen, mit einer wirklichen ersten Verabredung, es langsam angingen. Sie wohnte in L.A. und er wohnte in Seattle, aber sie könnten eine Fernbeziehung haben. Und vielleicht, wenn er ihr nur genug Zeit geben würde, würde sie ihn auch lieben.

Es war nicht wirklich ein guter Plan, aber es war das Einzige, was er hatte.

Sein letzter Anruf des Tages war von einem älteren Klienten, der sein Testament neu schreiben wollte. Der Mann hatte sich von seiner Firma zurückgezogen und war wegen seiner Arthritis in ein wärmeres Klima gezogen, also hatte Nick eine Weile nichts von ihm gehört. Nach einem kurzen Gespräch, um Höflichkeiten auszutauschen, sagte er: „Was kann ich für Sie tun, Mr. Leacock?"

„Ich habe mich vor Jahren mit meinem Sohn zerstritten und ihn aus meinem Testament gestrichen." Der alte Mann seufzte schwer. „Ich habe ihn seitdem nicht mehr gesehen. Ich will nicht sterben, ohne ihn noch einmal gesehen zu haben. Ich möchte Sie engagieren, um ihn zu finden."

„Okay. Haben Sie irgendeinen Anhaltspunkt?"

„Ich habe eine Schachtel mit Fotos, alten Briefen, allem, was er zurückgelassen hat. Aber ich will sie nicht aus den Augen lassen. Ich möchte, dass Sie hierherkommen. Ich zahle die normale Rate und die Reise und einen Bonus, wenn Sie erfolgreich sind."

„Und wo befinden Sie sich?"

„Auf Catalina Island."

Nick schrie vor Freude beinahe auf. Catalina Island war eine Insel an der Küste Kaliforniens, ein Ort, den er sowieso besuchen wollte.

„Ich nehme Ihren Fall sehr gerne an."

„Es eilt ein bisschen. Ich habe Herzprobleme."

„Wie wäre es mit Übermorgen?"

„Perfekt."

KAPITEL 18

*D*a Nick nur ein Tag blieb, bevor er wieder abreisen
musste, verplante er jede Stunde mit Arbeit.

Er war gerade auf dem Weg in sein Büro, um Notizen eines
Interviews durchzusehen, als Susan ihn aufhielt. Sie sagte:
„Richte dein Haar. Steck dein Hemd in die Hose."

„Wann hast du dich in meine Mutter verwandelt?"

Sie stand auf und zog einen Kamm aus ihre Tasche und fuhr
ihm damit effizient durch die Haare, ganz genauso wie eine
Mutter. „Es wartet eine Frau in deinem Büro auf dich. Ich will
vermeiden, dass du wie ein Obdachloser aussiehst."

„Eine Frau ist in meinem Büro?" Sie ließ nie jemanden in sein
Büro, um auf ihn zu warten. Es musste sich um jemand Beson-
deren handeln. „Kenne ich sie?"

„Woher soll ich das wissen? Geh hinein und finde es heraus."

Er ging hinein und spürte, wie er ins Schwanken geriet. Er
sah zuerst nur ihre Beine. Lange, sexy Beine in flachen Schuhen.
Ihr schwarzer Rock war ihre Oberschenkel hinaufgerutscht.
Schön muskulös.

„Hallo", sagte er. Er wusste nicht, was er sonst sagen sollte.

Sie drehte ihren Kopf zu ihm um und lächelte ihn an. Er fühlte sich wie geblendet von dem Strahlen. „Hallo."

Ihr kurzes blondes Haar war gestylt, ihr Makeup perfekt und sie trug Businesskleidung anstelle von Strandkleidung, aber sie sah immer noch wie seine Kate aus.

Er wollte sie besinnungslos küssen, dann von hier weg und direkt in seine Wohnung bringen, aber sie war in seinem Büro aufgetaucht, also sollte er vielleicht herausfinden, was sie wollte.

„Wie kann ich dir helfen?"

„Mir wurde gesagt, dass du vermisste Leute findest."

„Es ist eines meiner Spezialgebiete", stimmte er zu.

„Ich möchte, dass du einen Mann für mich findest."

„Einen Mann? Was für einen Mann?"

„Ich habe diesen Mann am Strand kennengelernt, in Carlsbad. Er hat eine Surfstunde genommen und, na ja, wir haben uns wirklich gut verstanden."

„Tatsächlich."

Sie lächelte dieses geheimnisvolle sexy Lächeln, das ihn an verschlafene Tage und zerwühlte Laken erinnerte. „Oh ja. Und dann ist er verschwunden."

„Und warum willst du ihn finden?"

Sie hielt seinem Blick stand. „Ich muss ihm etwas sagen. Ich muss ihm sagen, dass ich in ihn verliebt bin."

„Ich verstehe." Er kam näher auf sie zu, so dass er direkt vor ihr stand. „Vielleicht kann ich dich irgendwo hinbringen, wo wir mehr Privatsphäre haben, damit wir die Sache näher besprechen können."

„Das würde mir gefallen. Das würde mir sehr gefallen."

Sie stand auf und fiel ihm in die Arme. „Oh, Nick. Ich habe dich so sehr vermisst."

Er küsste sie, hielt sie fest. Spürte, wie jeder Teil von ihr perfekt zu ihm passte.

„Du hattest recht", sagte sie. „Ich hatte nicht einmal meinen Freunden gesagt, dass die Hochzeit nicht stattfinden würde. Ich hing in der Luft. Steckte fest. Aber nachdem du fortgegangen warst, bin ich zurück nach L.A. gefahren. Ich habe Marlene getroffen."

Er schob sie eine Armeslänge von sich und sah auf ihr Gesicht herunter. „Du hast was getan?"

„Es ist eine lange Geschichte, aber eine gute. Jedenfalls haben Ted und ich uns unterhalten, und dann haben wir zusammen mit unseren Eltern gesprochen und der Teil war schrecklich, aber sie wissen jetzt, dass wir nicht heiraten werden, und ich habe eine Liste gemacht und alle meine Freunde angerufen. Ich habe meiner Mutter versprochen, dass ich dabei helfen würde, die Caterer und alles andere zu stornieren. Das meiste davon haben wir schon erledigt." Sie atmete tief ein. „Und jetzt bin ich frei."

„Und hier."

„Ich musste dich sehen und es dir persönlich sagen."

Als die Neuigkeiten, dass sie in ihn verliebt war, zu ihm durchgesickert waren, hatte er Zeit, darüber nachzudenken, was sie sonst noch gesagt hatte. „Wie hast du Marlene gefunden?"

Das schelmische Teufelchen, das er bei ihrem ersten Treffen erahnt hatte, war in ihren Augen lebendig geworden. „Ich habe den Privatdetektiv angestellt, der mir in Carlsbad gefolgt ist."

„Du weißt nicht vielleicht, warum er den Carnarvons die Fotos von uns nicht gezeigt hat, oder?"

„Weil ich ihm einen Bonus dafür bezahlt habe, dass er es nicht tat. Er hatte mich gefunden und ich bin zurück nach L.A. gekommen. Das war wirklich alles, wofür sie ihn bezahlt hatten."

Als sie das Büro verließen, sagte er zu seiner Assistentin: „Susan, ich bin für den Rest des Tages unerreichbar." Dann zwinkerte er ihr zu.

Sie hielt hinter Kates Rücken die Daumen hoch und lächelte ihn an.

Viel später, nachdem er und Kate einige dringend nötige Stunden im Bett verbracht hatten, sagte er: „Wie lange bleibst du hier?"

„Ich dachte, ich würde ein paar Tage hierbleiben und mich umsehen. Ich bin seit Jahren nicht in Seattle gewesen."

„Wie würde es dir gefallen, eine kleine Reise mit mir zu unternehmen?"

„Wie klein?"

„Ich muss morgen nach Kalifornien fahren."

„Waren wir nicht gerade erst dort?"

Er küsste sie, weil sie die küssenswerteste Frau war, die er je gekannt hatte. „Ja. Willst du wieder hinfahren?"

Sie kletterte auf ihn und küsste ihn zurück. „Gerne."

atalina Island war hübsch wie eine Postkarte. Sie nahmen die Fähre von Dana Point und während er sich mit seinem Klienten traf, sah sie sich in den kleinen Geschäften um und wartete dann in einem Kaffeehaus auf ihn.

Als er zurückkam, sah sie ihn die Straße entlang auf sie zukommen, und ihr Herz machte einen Sprung. Sie hatte das Vergnügen zu sehen, wie sein Gesicht sich aufhellte, als er sie erblickte.

„Komm", sagte er, „lass uns spazieren gehen."

Sie hielten Händchen und gingen durch die malerischen Gässchen mit den idyllischen Cottages, die auf Touristen warteten. Die meisten schienen Ferienwohnungen zu sein. Immer noch leerstehend.

„Wirst du seinen Sohn finden können?"

„Ich glaube schon. Weißt du, manchmal kann ich in meinem Job wirklich gute Dinge tun. Wie zum Beispiel einen Vater und seinen Sohn zu vereinen, bevor es zu spät ist."

Sie gingen einen steilen Hügel hinauf und durch den Wrigley Botanical Garden. Die Luft war warm, als sie herumspazierten und den Kaktusgarten und all die seltenen Pflanzen bestaunten, die hier erhalten wurden.

„Schau", sagte er. Sie folgte seinem Blick und sah eine Hochzeit, die gerade zelebriert wurde. Sie hätte kaum verschiedener als die sein können, an der sie hätte teilnehmen sollen. Es waren nur eine Handvoll Gäste, die Braut und der Bräutigam, ein Priester und das Meer hinter der kleinen Gruppe.

„Wenn ich jemals heirate", sagte sie nach einem Moment, „dann will ich so eine Hochzeit haben."

Er nickte. „Ich auch."

Sie sahen einen Moment lang zu. Die Frau trug ein traditionelles Brautkleid mit Schleier. Man konnte die Pailletten in der Sonne glitzern sehen. Ihr Bouquet war eher förmlich, und Kate vermutete, dass sie es vom Festland mitgebracht hatte.

„In so einem Kleid?", fragte er.

Als sie sich an das Gefühl der hundert Stecknadeln während ihrer Anprobe erinnerte und daran, wie sie nicht atmen konnte, schüttelte sie den Kopf. „Ich werde etwas Einfaches tragen, in dem ich atmen kann. Barfuß, damit ich den warmen Sand zwischen meinen Zehen spüren kann."

„Eine Strandhochzeit also."

„Auf jeden Fall. Du?"

„Ich müsste wohl zu meiner Braut passen. Wenn sie etwas Legeres trägt, dann müsste ich das auch tun. Der Strand passt mir gut."

„Du hörst dich nicht zu enttäuscht an."

Er zuckte mit den Schultern. „Ich war noch nie ein Fan von großen, eleganten Veranstaltungen." Er legte einen Arm um ihre Schultern. „Wie viele Gäste?"

Sie nahm seine Hand in ihre. Ihr Herz schlug schneller. „Nicht zu viele."

„Vierzig?"

„Halb so viele." Sie sah ihn an. „Und die Flitterwochen?"

Er sagte: „Ich würde wohin fahren wollten, wo man surfen kann.“

„Ein Strandurlaub?“

„Auf jeden Fall. Aber irgendwo, wo das Wasser warm ist.“

„Oh, du denkst nicht vielleicht an ...“

Er lachte auf und drehte sie um, so dass sie ihm gegenüberstand. „Natürlich denke ich daran. Flitterwochensex auf einem Surfbrett.“

In der Ferne sagte der Priester: „Sie dürfen die Braut jetzt küssen“, und Nick sah sie mit tanzenden Augen an und fügte hinzu: „Oder irgendeine Frau, die bald eine Braut sein könnte.“ Und er küsste sie.

∼

VORSCHAU auf *Die Braut aus zweiter Hand*:

KAPITEL EINS

Ashley Carnarvon war gerade dabei, eine einzelne schwarze Socke unter Eric Van Hoffendams Bett hervorzuholen, als er ihr einen Heiratsantrag machte. Was in Anbetracht ihrer Position – Hüften in der Luft und Füße gegen die Wand gestemmt, damit sie die lästige Socke erreichen konnte – bedeutete, dass er eigentlich ihrem Hintern einen Antrag machte.

Tatsächlich hörte sich das Meiste von dem, was er gesagt hatte, an wie die Stimme eines Radiosprechers, die aus einem anderen Zimmer kam. Er klopfte ihr leicht auf den Teil von ihr, der sich in seinem Blickfeld befand, und sie kam unter dem Bett hervor, die Socke fest in der Hand, um zu fragen: „Was hast du gesagt?“

Er lehnte sich gegen das Kopfteil des Betts zurück; seine blonden Haare vom Schlaf zerzaust. Er war ein überaus gutaussehender Kerl. An seinen besten Tagen sah er aus wie Ryan Gosling. Nicht der Ryan, der im Smoking zur Oscarverleihung geht, sondern der struppige Ryan, der immer so aussah, als wäre er entweder gerade aus dem Bett gestiegen oder würde darüber nachdenken, ins Bett zu gehen. Eric trug einen Bart, hauptsächlich, weil er zu faul war um sich zu rasieren, wie sie vermutete.

Tatsächlich war Eric bei allen Dingen eher bequem. In einer Familie von wohlhabenden erfolgreichen Strebern, die die Kennedys wie eine Gruppe von Dilettanten aussehen ließ, senkte er den Durchschnitt beträchtlich. Er feierte gern Partys, er schlief gern bis in die späten Morgenstunden und er verbrachte seine Tage gern damit, so zu tun, als würde er sich einen Job suchen, während er eigentlich nichts tat.

Ashley war der offizielle Nichtsnutz der Carnarvon Familie, also passten sie perfekt zusammen. Obwohl er bereits sechsundzwanzig Jahre alt war, wohnte Eric immer noch in seinem alten Schlafzimmer im Gutshaus seiner Eltern. Er ließ sie manchmal heimlich herein, so wie er es mit Unterbrechungen seit fast zehn Jahren tat, seit sie sechzehn Jahre alt war.

Er trug ein graues T-Shirt und Pyjamahosen und war dabei, einen Berg von Briefen zu öffnen, während sie sich anzog. Er hielt ihr eine Einladung zu einer Hochzeit entgegen. Sie blinzelte, aber es war schwierig, die Worte durch all die Schnörkel und Verzierungen der Schrift auf der Einladung zu entziffern. Es schien, als wäre sogar der Drucker wegen der Hochzeit aufgeregt gewesen. „Melissa und Douglas?", riet sie. Die beiden waren gemeinsame Freunde, die ihre Verlobung im vergangenen Herbst verkündet hatten.

Er schüttelte den Kopf. „Donovan und Kylie."

„Wow, so schnell die Einladung zur Hochzeit? Sie haben sich gerade erst verlobt!"

Er warf die Einladung zur Seite und rollte sich zu ihr. Er hatte das Glitzern in den Augen, das gewöhnlich nur dann auftauchte, wenn er jemandem einen Streich spielte. Für einen eher faulen Mann wendete er viel Zeit für seine Streiche auf. „Ich habe gesagt, dass es so scheint, als würde jeder, den wir kennen, heiraten. Vielleicht sollten wir es auch tun."

Sie zog ihre Socke an und gähnte. Sie würde nur zu gern den ganzen Tag im Bett herumlungern, aber sie musste zur Arbeit. Sie war nur eine Barista, aber das half ihr dabei, ihre Ausgaben zu decken. Im Gegensatz zu Eric wartete kein behaglicher Treuhandfond auf sie, auf den sie zurückgreifen konnte. „Vielleicht sollten wir was tun?" Sie würde einen Mord für eine Tasse Kaffee begehen, aber die unausgesprochene Regel war, dass ihre nächtlichen Besuche bei Eric nicht stattfanden. Also verließ sie das Gut immer diskret, holte ihr Fahrrad hinter den Büschen an der hinteren Wand des Grundstücks hervor und verließ es über die Privatstraße, um nach Hause zu fahren.

„Heiraten!"

Sie ließ den Stiefel fallen, den sie in der Hand hielt, und er knallte auf den Boden. Sie wandte sich ihm zu, um ihn anzustarren. „Heiraten?"

„Ja." Er sah nicht aus, als würde er scherzen. Er sah aus, als hätte er rosa Wangen, als würde er tatsächlich erröten.

„Du und ich? Einander?"

„Warum nicht? Wir haben uns gern. Wir sind seit der High-School so gut wie zusammen. Du bist ein cooles Mädchen."

„Deine Eltern würden niemals zulassen, dass du mich heiratest. Sie sind die schlimmsten Snobs auf Erden."

„Warum sollten sie dich nicht mögen? Du bist eine Carnarvon."

„Nur, weil mein nichtsnutziger Vater nie dazu gekommen ist, meine Mutter zu heiraten. Ich habe kein Geld, keinen Treuhandfond, keinen angesehenen Job. Ich wohne in einer Hütte auf dem Anwesen meines Onkels und meiner Tante. Ich bin ein Sozialfall."

Er streckte seine Hand aus und strich mit seiner Fingerspitze über seinen Arm. „Komm schon. Es wird ein Spaß. Wir geben eine riesige Party. Meine Eltern haben immer gesagt, dass sie mir ein Haus kaufen werden, wenn ich heirate."

„Du willst heiraten, damit du ein Haus bekommst?" Das hörte sich nicht nach dem Eric an, den sie kannte.

„Nein. Ich weiß es nicht genau ... ich will irgendwie weiterkommen in meinem Leben. Du und ich, wir sitzen beide fest. Ich glaube, wir könnten einander wirklich helfen. Wir sind seit zehn Jahren zusammen. Ich finde, wir sollten heiraten."

Es war nicht so, dass sie seit einem Jahrzehnt ein richtiges Paar gewesen wären. Sie hatte immer gedacht, dass sie eine eher freundschaftliche Beziehung hatten, die Sex involvierte, wann auch immer sie beide Single waren. Seine Eltern hatten immer auf sie herabgesehen und sie war kein einziges Mal zu einer Familienfeier eingeladen worden. Sie war bequem für ihn, genauso wie er für sie.

Und doch hatte die Vorstellung, dass sie sich dem schweren Gewicht der Missbilligung ihrer Eltern entziehen könnten, etwas Reizvolles.

Er schenkte ihr dieses breite Grinsen, das all seine strahlenden Zähne enthüllte und ihre Knie immer ins Schwanken brachte. Wenn Erik seinen Charme einschaltete, tat sie so ziemlich alles, was er wollte. „Ich liebe dich", sagte er.

„Du liebst mich?" Es war das erste Mal, dass er diese Worte je ausgesprochen hatte.

Er zuckte mit den Schultern und zupfte am Rand eines Kissens; er fühlte sich eindeutig unwohl. „Klar. Offensichtlich. Liebst du mich denn nicht?"

„Ich ..." Sie war immer schon Teil von Erics Leben gewesen. Sie kannte all seine schlechten Seiten ebenso wie seine guten. Er war das jüngste Kind der Familie, ein Charmeur, der immer fröhlich aussah, Scherze machte, Streiche spielte und immer darauf wartete, dass gute Dinge auf ihn herabregneten. Und meistens taten sie das. Und wenn er sie anlächelte, dann hatte sie das Gefühl, dass gute Dinge auch auf sie herabregneten. Sie hatte ihn immer geliebt, natürlich hatte sie das. Also nickte sie. „Du weißt, dass ich das tue."

Er sprang vom Bett und warf seine Arme in einem Siegestanz in die Luft, er hüpfte und kreiste seine Hüften um das Bett herum, dann hob er sie auf und wirbelte sie umher, küsste sie, ein großer Schmatzer auf ihre Lippen. Sie kicherte hilflos, als er sie wieder hinstellte.

„Komm", sagte er. „Lass uns feiern."

„Feiern? Es ist acht Uhr morgens."

„Ich lade dich zum Frühstück ein, dann sagen wir es meinen Eltern. Ich kann es kaum erwarten. Sie werden so glücklich sein."

Sie war sich dessen nicht ganz so sicher. „Ich kann nicht mit dir frühstücken. Ich muss arbeiten."

Er machte ein Pfft Geräusch. „Nimm dir frei. Du hast dich gerade verlobt. Du hast dir einen freien Tag verdient."

„Nicht, wenn ich meinen Job behalten will." Was sie eigentlich nicht wollte, aber sie brauchte das Geld. „Außerdem solltest du es deinen Eltern allein sagen. Nur für den Fall, dass sie die Idee verabscheuen."

„Sie werden begeistert davon sein", sagte er mit großer Zuversicht. „Vertrau mir. Komm heute zum Abendessen."

Sie küsste ihn flüchtig. „Ruf mich später an."

„Wie würde dir Tahiti für die Flitterwochen gefallen?"

„Warum nicht?" Dann fuhren sie und ihr frisch verlobter Hintern etwas benommen nach Hause.

Die großen Tore des Carnarvon Grundstücks waren für einen Lieferwagen geöffnet, und sie fuhr auf ihrem Fahrrad hinein und den Weg entlang zu dem alten Gärtner-Cottage, in dem sie ihr ganzes Leben mit ihrer Mutter gewohnt hatte, oder so lange sie sich erinnern konnte.

Der Duft von frischem Kaffee begrüßte sie, als sie eintrat. Jawohl!

„Hallo, Liebes", rief ihre Mutter aus ihrem Schlafzimmer. Sanfte Musik spielte im Hintergrund und sie wusste, dass ihre Mutter ihre Morgenseiten schrieb. Melody Carnarvon hatte vor Jahren einen kreativen Schreibkurs besucht, der die Aktivität des Morgenseiten-Schreibens als Weg, kreative Ströme auszulösen, angepriesen hatte. Ihre Mutter hatte sich gewissenhaft an ihre Morgenseiten gehalten, die praktisch ein Tagebuch waren. Wenn es je ihre kreativen Ströme ausgelöst hatte, hatte Ashley keinerlei Beweise dafür gesehen.

Sie goss Kaffee in die grünen getöpferten Tassen, die sie beide am liebsten verwendeten, weil sie riesig waren, und trug sie in das Schlafzimmer ihrer Mutter.

Im Alter von siebenundvierzig war Melody Carnarvon im ständigen Kampf gegen Zeit und Schwerkraft. Ashley dachte, dass ihre Mutter großartig aussah, mit ihrem durch Yoga gut trainierten Körper, Haar, das immer noch lang und blond war, und hübschen blauen Augen, aber ihre Mutter verschwendete viel Zeit und den Großteil ihres Geldes damit, jung zu bleiben.

„Guten Morgen", sagte sie, als Ashley ihr die Tasse mit Kaffee reichte. „Oh, Danke. Ich sollte wirklich mehr grünen Tee trinken."

Sie sagte dies jeden Morgen, trank aber weiterhin Kaffee.

Ashley setzte sich auf das Fußende des Betts und nippte an ihrem Kaffee in der Hoffnung, dass ein Koffeinschub ihrer Welt wieder Klarheit verschaffen würde. „Ich muss mit dir reden."

„Was gibt's?" Ihre Mutter legte ihr Tagebuch nieder. Das aktuelle Notizheft war leuchtend blau und mit Libellen verziert.

„Ich glaube, Eric Van Hoffendam hat mir gerade einen Antrag gemacht."

Ihre Mutter war genauso überrascht, wie Ashley es erwartet hatte. „Was? Eric hat dir einen Antrag gemacht? Du meinst, einen *Heirats*antrag?"

„Ich glaube, ja."

„Was hat er denn gesagt?"

„Er hat davon gesprochen, dass viele unserer Freunde heiraten, was auch stimmt. Er hat mit einer Hochzeitseinladung in meinem Gesicht herumgefuchtelt. Dann hat er gesagt, wir sollten es auch tun. Heiraten."

Ihre Mutter hörte so gespannt zu, dass sie wünschte, sie hätte eine romantischere Geschichte zu bieten. Aber Eric war nicht unbedingt für seine romantischen Taten bekannt. „Und was hast du geantwortet?"

„Ich glaube, ich habe Ja gesagt." Aber als sie sich an das Gespräch erinnerte, konnte sie nicht sicher sein.

„Du bist nicht schwanger, oder?" Melody sagte das nicht auf abwertende Art und Weise. Ihr war das Gleiche passiert, allerdings ohne den Vorteil eines Heiratsantrags.

„Nein. Natürlich nicht." Sie hoffte doch, dass sie klüger war, als ihre Mutter es gewesen war.

Ihre Mutter saß einen Moment lang schweigend da, dann hüpfte sie in ihrer sitzenden Position auf dem Bett auf und ab, vorsichtig, um ihren Kaffee nicht zu verschütten. „Oh, mein Gott. Du wirst Eric Van Hoffendam heiraten?"

Sie fühlte sich, als würde all dies mit jemand anderem geschehen. „Ja ... Ja. Außer, es war einer seiner dummen Streiche."

„Niemand scherzt, wenn es ums Heiraten geht."

Wenn irgendjemand es tat, dann würde es Eric sein, aber sie kannte ihn schon seit Ewigkeiten und war sicher, dass er es ernst gemeint hatte. „Wahrscheinlich nicht."

„Ich kann es nicht glauben!" Melody schlug ihre freie Hand auf ihre Wange. „Es gibt so viel zu tun. So viel zu planen." Sie stellte ihren Kaffee ab, griff nach ihrem Tagebuch und schlug eine leere Seite auf. „Eine Liste. Wir müssen eine Liste machen. Also, wir müssen natürlich ein Datum festlegen. Habt ihr euch auf ein Datum geeinigt?"

Sie lachte. „Mom, ich bin seit ungefähr fünfunddreißig Minuten verlobt. Wir haben uns noch auf gar nichts geeinigt."

„Wir müssen jetzt über all diese Dinge nachdenken. Gute

Veranstaltungsorte sind Ewigkeiten im Voraus ausgebucht. Es passiert nicht jeden Tag, dass meine einzige Tochter heiratet." Dann füllten sich ihre Augen mit Tränen. „Oh, Liebes. Ich freue mich so sehr für dich."

„Und du denkst, dass er der Richtige ist?"

„Natürlich denke ich das. Eric ist ein großartiger Kerl." Dann verwandelten sich ihre Tränen in Gelächter. „Und bitte lass mich diejenige sein, die es Duncan sagt. Ich möchte das Gesicht meines Bruders sehen, wenn ich ihm sage, dass seine Nichte heiratet, nachdem sein wertvoller Sohn praktisch am Altar sitzengelassen wurde und einen kompletten Idioten aus sich gemacht hat."

Sie würde diese Vorstellung niemals vergessen. Nachdem Ted und Kate Winton-Jones sich getrennt hatten, hatte Ted sich plötzlich behauptet und seinen Eltern mitgeteilt, dass er eine andere Frau liebte. Er hatte darauf bestanden, sie zum Abendessen mitzubringen, und Millicent hatte Ashley und ihre Mutter ebenfalls eingeladen, wahrscheinlich in der Hoffnung, dass Duncan sich benehmen müsste, wenn mehr Gäste anwesend waren.

Sie würde dieses Essen für den Rest ihres Lebens nicht vergessen.

Ted war mit einer Frau angekommen, die mindestens ein Jahrzehnt älter war als er und aussah, als würde sie am östlichen Ende der Melrose Avenue einkaufen.

Langes rotes lockiges Haar, viel Makeup, die raue Stimme einer Raucherin.

Ihr Name war Marlene. Ted zu beobachten, wie er versuchte, seine Eltern dazu zu bringen, diese Frau zu mögen, nun, es war das einzige Mal, an das sie sich erinnern konnte, dass ihr älterer Cousin ihr leidgetan hatte.

Der Abend hatte in einer Schreierei geendet, deren Ausmaß sie weder zuvor noch danach je erlebt hatte. Ted war aus dem Haus gestürmt und hatte geschworen, dass er nie wieder zurückkehren würde.

Später hatte er ihr eine Nachricht geschrieben und sie darum gebeten, seine Sachen im Poolhaus, in dem er gewohnt hatte, zu packen und zu ihm zu bringen. Da sie keinen Führerschein hatte, hatte sie Eric bitten müssen, ihr dabei zu helfen, einige Kartons mit Teds Habseligkeiten zu einem geheimen Treffpunkt zu bringen, dem Parkplatz vor einem Starbucks.

Innerhalb von Tagen war ein Putztrupp in das Poolhaus gekommen und hatte alles gereinigt. Danach sah es so aus, als hätte Ted niemals dort gewohnt.

Er arbeitete immer noch im Familienunternehmen und sie vermutete, dass das Drama eines Tages vorbei sein würde, aber bis dahin wusste sie, dass ihre Mutter es genießen würde, ihrem ach so perfekten Bruder und seiner Frau mitzuteilen, dass Ashley in eine Familie einheiraten würde, die noch einflussreicher war als ihre.

In ihren Augen hatte sie nicht viel richtiggemacht. Es war seltsam, daran zu denken, dass einen Nichtstuer wie Eric zu heiraten in der Welt der Carnarvons ein echter Coup war.

Wenn sie ihn tatsächlich heiraten würde. Eric war nicht wie Ted. Wenn seine Eltern seiner Wahl nicht zustimmten, und sie konnte sich nicht vorstellen, dass sie sie für die Traumbraut für ihren Sohn halten würden, dann würde es keine Hochzeit geben.

Sie machte sich auf den Weg in das Kaffeehaus, wo Latte Macchiatos, Iced Kakao-Cappuccinos, Espresso Frappuccinos und Caffè Mochas mit extra Schlagsahne sie zu sehr beschäftigten, um an irgendetwas anderes als das Ende ihrer Schicht zu denken.

Während ihrer Pause holte sie ihren Skizzenblock, den sie immer mit sich trug, hervor und öffnete ihn auf einer leeren Seite. Sie fing damit an, Eheringe für sich und Eric zu entwerfen. Sie waren natürlich nicht traditionell. Sie kannte einen Schmuck-Designer und hatte einige Vorstellungen von zusammenpassenden Ringen, die nicht teuer, aber wirklich, wirklich cool sein würden.

Vorausgesetzt, dass es sich bei Erics Heiratsantrag nicht um einen Streich gehandelt hatte.

～

FOLGEN Sie diesem verwunschenen Brautkleid durch fünf romantische Komödien. Um über alle Neuveröffentlichungen informiert zu werden, melden Sie sich unter www.nancywarren-.net für Nancys Newsletter an.

～

Ambleside Publishing, 98 Moss Street, Victoria, BC Canada V8V 4L8

ISBN: 978-1-928145-33-2

Über die Autorin:

Nancy Warren ist die USA-Today-Bestsellerautorin von mehr als 70 Büchern. Sie stammt aus Vancouver, Canada, zieht aber gern umher und hat unter anderem in England, Italien und Kalifornien gelebt. Einige ihrer Lieblingsmomente erlebte sie, als sie die Antwort in einem Kreuzworträtsel in der *Canada's National Post* Zeitung war, auf der Titelseite der *New York Times* erschienen ist, als ihr Buch *Speed Dating* die Harlequin's NASCAR Serie eingeleitet hat und drei Mal für den RITA-Preis der Romance Writers of America nominiert war. Sie wandert mit Begeisterung, isst liebend gern Schokolade und mehr als alles andere hört sie gern von ihren Lesern und Leserinnen! Der beste Weg, um in Verbindung zu bleiben, ist, sich für Nancys Newsletter unter www.nancywarren.net anzumelden.

Aus dem Englischen übersetzt von Antonia Armstrong: antoniaemail@gmail.com